セレナ・ドフレ
「陛下とお父様をお助けください！
私にできることなら
なんでもいたしますから……！」
エルヒン・
エイントリアン

剣と剣がぶつかる音が響く。
だが大通連を使った［攻撃］の連打は、
すぐにルテカの首を切り飛ばしてしまった。
彼の首は空高く舞い上がった。
そして、落ちて床に転がった。

「俺と君が手を組めば、負けることなんてないだろう？」
フラン・バルデスカ

俺だけレベルが上がる世界で悪徳領主になっていたⅣ

わるいおとこ

FB
ファミ通文庫

contents

Oredake LEVEL ga
agaru sekaide
Akutokuryousyu ni
natteita.

illust. raken

第1章　新たな領地と新たな敵

旧ブリジト領土の西南端。

そこにベルタクイン領はある。

北は山。

南は海。

まさに天然の要塞《ようさい》である。

ただその代わり、ベルタクインの領地の大半は山だ。

山を除けば活用できる土地はエイントリアン領の半分くらいだ。

普通に使える用地は少ないから、焼畑などで山を農地活用していかなければいけない。

それでどうにか余裕を作っていく必要があるだろう。

俺が再出発点に決めたのは元ブリジト王国の西側、ベルタクインとその隣の領地ライヘイン、そしてブリジトの王都だったブリンヒルだ。

それ以上の統治はすぐには無理だった。

人口はともかく、まともに統治できる人材が不足している。

都市一つを維持するにも多くの人の力が必要だ。

それを誰彼構わず任せては治安が悪くなるだけ。民心が下落し国力が衰《おとろ》えやがては破《は》滅《めっ》をもたらす。

だから、ルナン軍が占領したブリジト王都の東側は今のところ諦めた。

まずはここから整備していって、後々東側も占領するつもりだ。

「閣下《かっか》の仰ったように、ナルヤの侵攻開始直後、ブリジトの東南部にいた我が軍はルナン本国へと移動しました。その際私はご命令通りベルタクインへ残り、そこからブリンヒル、ライヘインまでを占領いたしました。」

フィハトリが率《ひき》いていた兵のうちルナンへ退却した兵力は2万。

おそらく、彼らはルナンの南部へ逃げたローネンと合流したのだろう。

まあ、そっちにはもう一つの火種を残してある。その火種が役に立たなければ他の方法を使えばいい話だが、ひとまずはそちらがどの程度燃え上がるのかを見極めるつもりだ。

その火種こそ、元ルナン軍参謀《さんぼう》へイナ・ベルヒン。

彼女は父の復讐《ふくしゅう》のために権力を求めていた。一時は逆恨《さかうら》みから俺に暗殺者まで送り込んできたが、ローネンこそが諸悪の根源だと教えてやった。

うはず。

ヘイナなら滅びゆくルナンのためなどに労力を使わず、ローネンへの復讐に労力を使

「ブリジト東南部の民はどうなった？」

「彼らは本来ブリジトの国民なので……。我われのいる西側への移動を勧めましたが、失敗しました」

「まあ、それは仕方のないことだ。ライヘインとブリンヒルでも領地を離れていく者は引き止めるな。このタイミングで締め付ければ民心に致命的な影響を与えかねない」

「承知しました、閣下！」

ブリジトの国民にとって俺という存在は今はまだただの敵、侵略者でしかない。

無理に懐柔《かいじゅう》しようとせずともうまく統治していれば自《おの》ずとこちらに流入してくるだろう。

ひとまずできるだけ力を一点に集中する。

ここからが本当の始まりだ。

やるべきことは山積みだったが、真っ先にやったのはブリジトの旧王都であるブリンヒルからブリジトの東部へ続く各関所の点検だった。

注意すべきは東。

東側への街道は現在開放されているが、そちらも完全な谷間ではなく小さな山がいく

つかある。その山地にはブリジトの王都であるブリンヒルへ入ってくる敵を阻止《そし》するための関所が設けられていた。

「閣下、こちらです」

だが、フィハトリに連れられて行ったその関所は、思ったよりも酷《ひど》い状態だった。

[ブリンヒル関所]
[耐久度 50]

「ここより南側にも関所はいくつかありますが状態はあまりよくないようです。東西に長く伸びた国ですし、山地が大半の敵を阻止してくれることから整備を怠《おこた》っていたのではないかと」

結局、費用をかけて補修する必要があるということだった。

エイントリアンの地下にあった金塊をすべて運んではきたものの、資金には限界がある。勝手に金塊が増えたりはしない。

そして、その金塊ばかりに頼っていては後に大変なことになる。

特に今は税金免除という大損の政策を施行するしかないのだから、資金は減る一方だ。

それでも急所となりうる領地側面を無防備のままにしておくわけにはいかない。

「ブリジットの王宮に保管されていた食糧をできるだけ放出して労働力を集めろ。補修だけでなく増築もしておく必要があるからな」

「かしこまりました、閣下！」

今のところすぐにこの地域に攻め込める勢力は存在しないが、備えあれば憂いなしだ。

財政の方は今後貿易も推進するつもりだから、そっちでどうにかするしかない。

今重要なのは俺たちを守ってくれる関所だ。

ひとまず、それを最優先で進めてから人口の割り振りに乗り出した。

これから俺は亡きルナン王を斃《たお》し侵攻を行ったナルヤ王国に対抗し大陸を統一するべく、新エイントリアン王国の建国を宣言する。

当然ながら王都はここ、ブリンヒルとなる。

ブリンヒルは元々ブリジト王国の首都だっただけあって、それなりにいい王城がある。

悪くはない。

[エイントリアンの領地]
[総人口　105万人]

まだ建国を宣布したわけではないため、システム上ではエイントリアンの領地と表記される3つの地域の総人口が105万人だ。

既存のエイントリアンの人口は25万人。

一介《いっかい》の伯爵の領地にしては多い方だが、これは俺が積極的な流入政策を実施したから。

それに既存のブリンヒル、ライヘイン、ベルタクインの人口が約50万人となる。これはブリンヒルが一国の王都だったということを考えると少ない方だった。前回俺が起こした戦争の影響で他の地域へ人口が流れ出たから。

そして、その他は俺についてきたルナン地域の難民だった。

データの中で最も重要な民心については、既存のブリジトの民約50万人が［43］という低い数字だ。だが一方でエイントリアンの領地からあらかじめ移住させておいた、つまり俺だけを信じてついてきた領民は［92］という高い数値を誇っていた。

また、ナルヤの大軍を撃破した後に率いてきた避難民も［85］とそれなりに安定した民心だった。

とはいえこれを合わせた民心は［66］。

あまり良い数値とは言えない。

特に不満が爆発して惨事《さんじ》が起きるような数値ではないが、かといって上昇させることも難しい。元ブリジト民の民心を上げるために優遇政策を取れば他の人民から強い反発を受けることになるだろう。それでは本末転倒だブリジトの民心はゆっくり上昇するのを待つしかない。

住民の割り振りはブリンヒルに60万人、ライヘインに30万人、そしてベルタクインに15万人とした。

各地域の広さに合わせた割り振りとなっている。

ここで問題となるのは各地域の領主だ。

俺は人材不足に頭を悩ませていた。

［ハディン・メルヤ：武力60 知力57 指揮70］
［ベンテ：武力49 知力38 指揮82］
［ジント：武力93（+2）知力41 指揮52］
［ユセン：武力82 知力60 指揮90（+2）］
［ギブン：武力70 知力34 指揮76］
［ミリネ：武力5 知力74 指揮10］
［ユラシア・ロゼルン：武力87（+3）知力57 指揮95（+2）］
［エルヒート・デマシン：武力96 知力70 指揮92］
［フィハトリ・デルヒナ：武力81 知力85 指揮89］
［ガニド・ヴォルテール：武力30 知力60 指揮61］

［ベルタルマン：武力80 知力50 指揮78］

エルヒートは完全に俺の家臣となったわけではない。だが、相変わらず俺の補佐役として活躍してくれている。いずれ家臣になってほしいが、今は急ぐ気はない。

彼の方から去就《きょしゅう》に関する話を持ち出してくるまで待つつもりだった。

おそらく本人にも考えるところがあるのだろう。

良かったのは、エルヒートの家臣たちが完全に反ローネンになったということ。

ルナンという国の真の姿を誰よりもよく知る者たちだから、ルナン王国再興などということは言わない。エルヒート自身に一国の王になろうという野望がないのであれば、いずれ彼らも正式に俺の臣下になるだろう。

またヴォルテール伯爵《はくしゃく》も結局そのまま居座った。去る気はないようだ。

俺を見れば媚《こ》びへつらう。

小心者で能力も低いが、逆に裏切ったりする勇気もないからそういう意味では安全だ。

だがエルヒートの家臣たち、そしてヴォルテールの家臣たち。また、俺に同行することを選んだルナンの領主たちや家臣たちの中には取り立てて能力の高い者はいなかった。

今しばらくは各領地の行政を任せて仕事をさせればいいが、いずれ限界が来るだろう。

エルヒートの家臣は能力が軍事に特化しているため、いずれはエルヒートを筆頭に軍部を任せるつもりだ。

正式に征服戦争を開始するまではひとまず各地域を管理しなければならない。

そのため、ベルタクイン領ですでに山の民と接触して様々な情報を得たユセンをベルタクイン領の責任者に、そしてライヘイン領の責任者にはハディンを選んだ。

最も信頼できる者たちだ。

能力だけで見ればフィハトリの方が優れた部分はあるが、彼はすでにかなり多くの任務をこなしていた。

ミリネも勉強を始めたおかげで知力が上昇しているが、彼女にはそのうち政務担当に回ってもらうつもりだ。

[ベルタクインの領主]

[ユセン]

[ベルタクインの民心が5上昇しました。]

そして、ベルタクイン領主にユセンを任命するなり驚くべき変化が現れた。

ユセンの高い指揮力の効果だろうか？

それともすでにユセンがベルタクイン領で活躍をしていた効果なのか？

両方かもしれない。

ともかく、ユセンは有能な男だった。

ハディンが初めて赴任《ふにん》するライヘインは何の変化もなかったから。

＊

俺はライヘイン領を訪れた。農地開拓や漁業奨励に先立ち税金政策を発表して民心を上昇させるのが狙いだった。

ライヘイン領はベルタクイン領よりも広い。もちろん、重要度でいえば鉄が出るベルタクインが圧倒的に高い。

戦争のための軍備拡張を行うためにはベルタクイン領での鉱業の活性化が不可欠だ。

しかし、ライヘイン領は他と比べて平地が多く、港町もいくつかあった。

［ライヘイン］
［人口：32万5031人］
［民心：74］

元ブリジト民の低い民心と移住者たちの民心が合わさって74となっている。

移住者は税金対策について大まかなことは聞いていたが、ライヘイン領土着の民には伝わっていなかった。

だから俺自ら乗り出した。

彼らにとっては俺はただの侵略者であり、移住者も土地と仕事を奪う敵に見えていることだろう。

そうではなく新たな統治者と仲間だと認識してもらわなければならない。そのためにはできる限り早めに俺自身の口から話をする必要があった。

「新たに多くの人たちが移住してきてみんな動揺していることだろう。だが心配はいらない！　俺は今の生活を壊すようなことはしない。むしろより良い未来を約束しよう！」

村ごとにそう演説して回った。

税金政策の効果は当然大きい。一年間の税金免除は決して馬鹿にならない。

税金政策で元ブリジト民の不満を減らすことにも成功し民心は85まで急上昇した。

そして、残ったのはブリンヒル領だった。

「ブリンヒル」

［人口　62万4501人］
［民心　54］

　ここは他に比べて民心が一番低い。ほとんどが元ブリジト民だから仕方がなかった。

　彼らが何よりも心配しているのは、移住民のために自分たちの居場所を奪われることだ。もちろん、そんなつもりは毛頭なかった。

　ブリンヒル領でもライヘイン領でも、移住民に提供するのは未開墾地《みかいこんち》。

　既存の地域住民にいかなる不利益も及ぼさず、むしろ一年間の税金免除で便宜《べんぎ》を図《はか》るというものだった。

　今後戦争を起こす際には徴兵《ちょうへい》を実施するつもりだから、今はできるだけ善政を敷いて民心を高めておかなければならない。

「……だからこそ税金政策を施行して移住民と既存の民がうまく融和《ゆうわ》できるようにするつもりだ！」

　当然ながら税金を免除することに不満を抱く者はいなかった。

［ブリンヒルの民心が54から76に上昇しました。］

［付加効果によって民心が76から91に上昇しました。］

　ただ、ブリンヒル領では珍しく付加効果なるもので民心がさらに上昇した。ライヘイン領では起きなかった現象だ。

　何かと思ってシステムを確認した。

　何の理由もなく付加効果が生まれるはずがない。

「どうかしました？」

　すると、ユラシアが無邪気《むじゃき》な顔で俺を見ながら首を傾《かし》げる。

　最近の彼女は俺にいろんな表情を見せるようになった。

「睨《にら》みすぎて目がとれてしまいますよ。その時は私がもらってもいいですか？」

　何か恐ろしいことを言いながら変なものを欲しがった。

「いや、ちょっと気になることがあって」

　ライヘインがブリンヒルと違う点といえば結果的に思い浮かぶのはこれ一つ。

　ユラシアの存在だ。

　指揮力９７というだけでこんな効果をもたらすはずはない。

　ユラシアは高い魅力度に伴《ともな》い指揮力も上がったケースだから、やはりこうした民心への付加効果をもたらすのは魅力度の結果ではないだろうか。

　ユラシアの魅力度を数値で表せばおそらく１００に近づいているだろう。

だからユラシアを傍《そば》に置いて演説をした、という理由だけで民心が15も上がるんだ。

とんでもない付加効果だった。

では、ライヘインにユラシアを連れて行き再び演説をしたら？

試してみるだけの価値は十分にあった。

＊

「おぉぉおお！　これがベルタクインの領主城か！」

ギブンはベルタクインの領主城を見て感嘆《かんたん》の声を上げた。

「ここが俺たちのものに？　いや〜、俺も出世したな〜。よくやったぞギブン！　やはり誰とコネを繋ぐかは大事だ。あの時、閣下に出会うことなく他の部隊にいたらナルヤとの戦いですでに死んでいたかもしれない」

ギブンは自らの頭を撫でながらそう呟《つぶや》いた。

もちろん、ギブンが出世したのはただ運がよかったわけではない。ちゃんと彼に能力が備わっていたからだ。

リノン城での戦いではギブンとユセンがいなければまともな連携がとれていなかった可能性が大きい。

「とにかく重要なのはこれからだ。今すぐ山の民の本拠地へ行ってベルタルマンを連れてこい。閣下がお呼びだ」

浮かれるギブンをたしなめるユセンだったが、よく見ると彼も少し口元がにやけていた。

「はいはい、わかりました」

山の民はベルタルマンを中心に山地の警戒を行っていた。領土の多くが山地のため、彼らが活躍してくれれば、どんな部隊であろうと山を越えることはかなり難しくなる。

だから、エルヒンは彼らの活動地域をブリンヒルにまで広げるつもりだった。

「ユセン隊長はこれからどうされるんですか？」

「俺はこの地域の農地開発に集中しないと。漁民たちを奨励して港町も育てるようにとの命令だ。個人用の漁船も増やさなければならない」

ここの民はユセンの尽力によって他よりも好意的に取ってくれているため、特別心配のない地域でもあった。

＊

「ミリネ」

「はい、領主様！」

「なぜ彼を連れてきたんだ。ジント、俺が呼んだのに信用ならないか？」

「そうなんです。家にいるよう言ったのですが……」

ミリネはジントの手を握ったままそう答えた。

いや、手を繋いだまま仲睦《なかむつ》まじく言うことかよ。

「別についてきたわけじゃない。俺も王宮に用事があって来ただけだ」

「ほう、俺はジントは呼んでないぞ？」

「なに？　呼んでないだと？」

こいつめ、なに戯《ざ》れ言《ごと》を抜かしてんだ。

「ほらね！　呼んでないじゃない！　呼ばれたのは私だけだって言ったのに！　ちょっと離れて！」

とりあえず言い争いはそのぎゅっと握った手を離してからやってくれ。

いや待てよ、これってわざとラブラブな姿を見せつけようとしてるよな？

まあ仕方ないか。

特に俺がジントを同行させることが多いから、ふたりにはこうした平和な時間が大切だってことは理解できる。

むしろこんな時こそ一緒にいるべきだろう。

だから、ジントには別の仕事を任せなかった。

いや、そもそもジントの場合は戦闘の他に何かを任せるようなことはできない。

「まあいい。別に帰れとは言わないさ」

ミリネを呼んだのは仕事を任せてみようと思ったからだ。

もとから知力が優れた彼女だったが、熱心に勉強をした結果、知力がかなり上昇した。

システムで領地の内政ステータスを見てみると、ブリンヒルの現在の農業の数値は46となっていた。この数値は生産効率を表していて、つまり本来領地が持っているポテンシャルの46%の生産力しか発揮《はっき》できてないことになる。

ブリジトの王が内政にほとんど無関心だったせいもあるだろう。

ひとまず、農業数値の上昇が必要だった。

100とは言わないまでも、46の収穫しか上げられなければ民が飢《う》えてしまう。

[ブリンヒル]

[民心　91]

[農業　46]

[漁業　52]

[林業　45]

かなり面積の広い地域であるにも関わらず数値はどれ一つとして良くなかった。一年後の税金免除の政策が終わる頃には、これらの数値を最大値にしておかなければいけない。

だから、まずは農業からだ。

漁業と林業はその分野に詳しい適任者が必要だった。

「農業に関する本はたくさんある。ミリネ、君は少しは農業の経験があるな？　貴族出身や軍人出身よりは詳しいはずだ。農民たちに会って彼らの意見を聞き、王宮にある農業に関する書籍を参考に農業改善策を立てられるか？」

「私がですか？　そんな重要な仕事を私が……？」

ミリネは驚いたように目を丸く見開くとジントを見てから再び俺を見た。

「ユラシア、君も今はミリネとあの仕事を手伝うってのはどうだ？」

彼女がいれば何かしらプラス効果が生まれるだろう。ユラシアはただいるだけでもその魅力によって内政にプラス効果をもたらす、ある意味チートのような存在だから。

もちろん、過大な期待を寄せているわけではない。だがミリネの知力なら何か政策を考え出せるだろう。

家臣の中でフィハトリの次に知力が高いのは彼女だ。

「いいでしょう。国民を助けることならいつだって賛成です。ミリネさん、よろしくお願いしますね」

ユラシアはすぐにうなずいた。

「王女様とですかっ⁉」

すると、ミリネはさらに驚いて飛び上がった。

ユラシアが怪訝《けげん》な面持ちで彼女を見つめるとミリネはびくびくしていた。

「あの……私みたいなのが……王女様となんて……」

「ミリネ、自信を持て。それとこれは命令だ」

自信を持たせるためにも必ずやらせてみるべきことだった。

少しはジントのような厚かましい面も必要だ。

いや、あいつは厚かましすぎるか？

＊

民心も政策も農地改革もひとまずはいい感じだ。

だが結局のところ、最も重要なのは軍事力だ。今この大陸はまさに乱世。

大陸統一のためだけでなく、防衛のためにも軍の整備を急がなければいけない。

建国を宣布しなかったため、俺が連れてきたルナンの軍隊とエイントリアンで育てた既存の軍隊はシステム上、エイントリアン領地軍という名前で統一されていた。

その数は延べ6万2000人だった。

既存のエイントリアン領地軍は2万2000人で当然にも士気は天を衝《つ》く勢い。

訓練度もかなり高い水準だ。

正直、こっちは現状維持するだけでも全く問題がなかった。

そして、フィハトリ率いる既存のルナン軍といえば士気がなんと98だった。

勝利を味わったエイントリアン領地軍とほぼ互角ではないか。

「フィハトリ、君が連れていた部隊だが。大きな戦闘の経験があるわけでもないのに、なぜこんなにも士気が高く感じられるのだろうか？」

訓練度は72だ。だが、士気は98。その要因がわからなかった。

「ああ、そのことでしたら当然ですよ。ロゼルンの防衛戦時から閣下に従っていた兵士たちですから」

それはそうだが、そんな理由だけでずっと高い士気が維持されているだと？

「彼らは、また閣下の元で戦えることをとても喜んでいます。閣下の指揮であればまず負けず、兵が死ぬ確率も減りますから」

確かにそれは事実だが。

「もちろん……最大の理由は他にあります。閣下と共に山脈を超え勝利を得た。あの時の約束を閣下がお守りになったことで、他の領主たちとは違うということを彼らは思い知ったのです。あの時の報奨金を家族に送って嬉しさのあまり一晩中泣いていた兵士もいました」

実際には意図的なものだったが、それが思惑《おもわく》通りにいったのもルナン王の手柄とならないようにフィハトリがうまく伝えてくれたおかげだ。

それから軍隊の育成とその計画について真剣に考え始めると、フィハトリの後方からエルヒートがやって来た。

「エルヒン、いるか？」

「エルヒート閣下、どうかなさいましたか？」

そろそろ呼称の整理をしないとな。閣下が何人だよ、これ。

だが、建国宣言は民意が俺のためにもう少し動く時の方がいい。

「俺が王になる！」と宣言するよりも周りから推戴《すいたい》してもらうことでより大義名分《たいぎめいぶん》が生まれる。

もちろん、エイントリアンの子孫であるから王になるための正統性は存在する。

とりあえずはもう少し状況を見てからにしよう。

「一つ提案があってな。槍騎兵《やりきへい》を育成する気はないか？　もし、その気があるというなら、俺はその育成と運営に生涯を捧げる覚悟ができている！」

「槍騎兵ですか？」

「そうだ。ルナンでも何度も提案してきたが、鉄も足りず予算は与えられないという理由でいつも断られていた」

確かにあのルナンの王が金のかかる提案を許すはずがないだろう。

しかし、槍騎兵か。

当然ながら槍を使う騎兵隊を槍騎兵という。何気《なにげ》にこの世界では存在が珍しい兵科でもあった。

その理由は様々。何よりもまず育成するのが大変だ。不安定な馬上で槍を自在に操るためには相当な技術が必要だ。

そして槍騎兵にはとにかく鉄がいる。彼らは槍を構えて敵陣に突撃するのが役目だ。だから万一敵に囲まれてもいいように頑丈《がんじょう》な槍と鎧《よろい》の両方が必要となる。

だが、もし大量育成に成功すれば恐るべき部隊になるのは事実だった。

長いリーチを持つ機動力に優れた突撃部隊。それだけでも恐ろしさが分かるだろう。

戦場において距離は絶対的だ。一対一にでもならない限り、長い武器を使う方が圧倒的に有利だった。

すでにいる鉄騎兵《てっきへい》と組み合わせれば圧倒的な破壊力で敵を蹂躙《じゅうりん》できるだろう。

今俺は鉄鉱山を手に入れている、さらにエルヒートはその槍の腕から「鬼槍《きそう》」と呼ばれているほどの使い手だ。

槍術を教えて育成できる適任者がいて、武器を作れる鉄が十分にあるのなら育成しない手はない。

「閣下、それは私の方からお願いします。全力で手伝います。ぜひ、お願いします！」

「それは本当か！　よし、ではすぐに準備を始めるぞ！」

エルヒートは俺の言葉にまるで子どものように喜んだ。

それからは俺とフィハトリとエルヒートの三人で軍備に関する会議を進めていった。

＊

なんとか内政が軌道に乗り始めたところで一つ問題が発生した。

北方は山が守ってくれているが南方の海岸はがら空きだった。

海が敵の侵入を阻止してくれているのは事実だ。

だからこの地を選んだわけだが、周辺国に艦隊《かんたい》があるとなれば話は違う。

「ブリジトの問題点だが」

「はい」

「どうして艦船《かんせん》がたったの4隻《せき》しかないんだ」

「それには訳があります。先々代のブリジトの王だったと思いますが、隣国のルアランズ王国との海戦で大敗したとか。その後は制海権を完全に奪われ海の上で対抗する手段を失ってしまったそうです。ルアランズ王国といえば古代エイントリアン王国が覇権を握っていた時代から屈強な海軍で有名ではありませんか。古代王国時代、ルアランズに巨大な港、そして大艦隊を作った彼らは大陸を越えて拡大を進めていったほどです。その大艦隊を作るのに率先して動いたのがまさに古代王国のルアランズ家で、そんな彼らが国を建てたのですから代々海軍力が強いわけです」

そういえばそうだった。ルアランズといえば港湾都市。そして、海軍の国だ。

中途半端な海軍を作ってルアランズに再び潰されるくらいならいっそのこと陸軍に注力するべきだとブリジト王は考えたのだろう。

「それなら、ますます問題は深刻だ。見てみろ」

俺は地図を指し示した。

ルアランズ王国からブリンヒル領、ライヘイン領、ベルタクイン領への航路はあまりに近すぎる。

ルアランズ王国が大艦隊で海から侵攻してきたら厄介《やっかい》だ。

北方は山で、西側は陸軍で防備するとしても海から来る敵には完全に無防備だ。

特にルアランズ王国が他国と同盟でも結んで二方向から攻め込んで来れば、それこそ致命傷にもなりかねない。

少なくとも復興に注力すべきこの一年以上はこの地が戦場になってはならない。外へ攻め込む前に自分の領地を侵略されていては大陸統一など実現不可能。

それに攻め込まれずとも、いつ敵が来るかわからない沿岸部に誰が住みたいと思うのか。

「それは確かに大きな問題ですが……。この混乱の中でもルアランズ王国に動きがなかったのには理由があるようです」

「どんな理由だ」

「現在、ルアランズ王は高齢のため戦争を避けています。それにこの王には世継《よつ》ぎがなく、次期王座を巡って貴族間の派閥《はばつ》争いが激化しているとか」

なるほど、どいつもこいつも実権を握ろうと必死なわけだ。

「だから、戦争を起こす可能性は低い。そういうことか？」

「左様でございます」

フィハトリはうなずいたが、俺はそれでもルアランズ王国に危機感を抱いていた。

後継者問題までは思い出せなかったが、ルアランズにははっきりと記憶に残っているゲーム上の重要人物がいたからだ。

ルアランズ王国では間もなくクーデターが起こる。

その人物は王権を簒奪《さんだつ》した後すぐに征服戦争に乗り出すと、その優れた能力と大艦隊によって大活躍を見せる。

今後、大陸の覇権をめぐって争うことになる人物へと成長するのだ。

そのクーデターはルナンの滅亡後に起きていた。

まだ起きていなければ間もなくということになる。

「何よりもだ。このルアランズ王国の大艦隊を我われのものにできたらどうだろうか?」

「大艦隊をですか?」

フィハトリは何言ってるんだという顔で俺を見た。

攻め込まれることを心配していたのに突然突拍子《とつぴようし》もないことを口にしたのだから当然の反応だ。

「もし、我われがこの大艦隊を手にしたらどうなるかって話だ。山は敵の侵入を阻止してくれるが、その分我われが外へ出るのも不便だ。だが、艦隊があれば大陸のどこであろうと簡単に侵攻できる」

「確かにそれはそうですね。艦隊があれば戦力の上昇は間違いありません」

「ルアランズに使者を送れ。同盟を要請する使臣団を派遣すると」

もちろん、彼らに全く得のないこの同盟を結んでくれるはずはなかった。

同盟など単なる口実にすぎない。

がら空きの南方からの危険を完全に取り除くこと。それが今の最大の課題。

15万ほどの軍を備え民心と農業の安定が保障されれば、そこからようやく建国を宣布して大陸に全面的に乗り出すことができるようになる。

いつ敵が攻め込んで来るかわからない状況で15万の兵力を養成することはできない。

15万の兵力を養成するためには人口をもっと増やす必要もある。

その人口問題の解決策も実はルアランズにあった。

＊

ミリネはブリンヒル地域で代々農業を営む農民たちに会うために奔走《ほんそう》していた。

本という本は全て渉猟《しょうりょう》し、任せられた仕事に取り組む姿勢はとても真剣だった。

ユラシアはそんなミリネについて回った。

彼女が持つ魅力度の作用で農民たちはかなり協力的だった。

さらにユラシアは軍隊の訓練も任されていてやるべきことが山積みだった。

「ルアランズ王国に行って来る」

俺はそんなユラシアのもとを訪ねて話しかけた。

「ルアランズ王国ですか？　どうして？」

「背後の安全を図るために……というか」

「よくわかりませんが、準備します」

ユラシアは当然のごとく一緒に行くつもりでいた。

だが、今回はそうはいかない。

今のブリンヒルの内政は全て彼女に助けられている。

軍隊の訓練も彼女がいた方が効率的だ。

さらに、人目を忍ぶためにも目立つ存在をつれて行くわけにはいかない。

ユラシアは存在そのものが目立つためそもそも潜入任務に向いていなかった。

「今回はひとりで行ってくる。その間、軍の訓練と内政を頼むぞ。君にはここにいてもらわないと困る」

「……」

その言葉に頬を膨らませるユラシア。気に入らない様子だ。金色の美しい眉を顰《ひそ》めたのが怖かった。

第2章 海軍国ルアランズ

ルアランズの港はやはり巨大だった。

まるでスエズ運河を見ているようだと言えば多少大げさだが、多数の艦船《かんせん》が停泊する
その光景は荘厳《そうごん》だった。

ルアランズの港全体が軍船でいっぱいだ。

このルアランズでは得るべきものが多すぎる。

あんな規模の艦隊《かんたい》を新たに作るとなれば莫大《ばくだい》な費用と時間がかかる。

なんなら大陸統一までに艦隊が完成するかも不確かだ。

港の船を見れば見るほど欲が湧くが、今は指を咥えて見ているしかない。

見ていたところで出るのは涎《よだれ》だけだ。俺はひとまず引き返してルアランズの王宮へ向かった。

とりあえずの目的は同盟だ。

もちろん、それが結ばれるはずはなかった。

あくまで表面的な訪問目的が同盟の要請ということ。

とにかく、事前に使節を送って意志を確認したところ謁見《えっけん》の許可が下りたから王宮へやってきた。

ルアランズの王は聞いていたようにかなりの高齢だった。

彼が子に恵まれなかったために貴族同士で次期王位をめぐる争いが勃発《ぼっぱつ》し、あの見事な艦隊を使わずに腐らせていたというのがゲーム上の設定だった。

ぼさぼさの白髪《しらが》のルアランズ王がじっと俺を見つめた。

凡庸《ぼんよう》な王だ。王権が強いわけでもなく、だからといって貴族に完璧に国政を奪われたわけでもない。むしろその中途半端な状態が家臣に不満を募《つの》らせる。

ルアランズ王は俺のことをぼんやりと眺めると口を開いた。

「そなたがエイントリアンからの使臣か？」

「左様でございます」

すると側近らしき男が俺を睨《にら》みつけた。

「エイントリアンか……。陛下は古代王国の継承者だと思いになって訪問を許可されたようだが、今となっては辺境の領主にすぎないではないか！　ブリジトを占領したところで国家となるわけでもないのに、一体何の資格があって陛下に謁見することを申し出た！　しかもエルヒン・エイントリアン本人ではなく使臣を送ってくるとは！」

ナルヤの16万の大軍を潰走《かいそう》させたこともすでに噂になっているはずだが、その部分を除いて名分についてを強調するのは外交的優位を占めるためだということはわかる。

当然いい気はしなかったが、だからといってそれを顔に出すつもりはない。

なぜなら、今の俺はエルヒン・エイントリアンではなく、家臣ハディン・メルヤとしてここへ来ていた。

それに同盟などどうでもいい。

門前払いされようが侮辱《ぶじょく》されようが、まずはこの王宮へ入ることが目的だった。

［カシャク・レチン］
［年齢：34歳］
［武力：92］
［知力：81］
［指揮：90］

さらに最初の目的はまさに先走って俺に恥をかかせているこの貴族だった。

カシャク・レチン。

能力値はなかなかだ。90以上のステータスが二つもある。

そう、俺の知る人物。

これからクーデターを起こしてルアランズを掌握《しょうあく》し大陸統一に名乗りを上げる男だ。

このクーデターが成功すればブリンヒルにも侵略してくる。

俺の噂を聞いてなおさら闘争心を燃やすタイプ。

勝つ自信はあるが力をつけるべき時に戦争で疲弊《ひへい》させたくはない。

だから、この男をあらかじめ始末しておくためにこの地へやってきた。

正体を隠したのもそのためだ
「そ、その……」

俺はカシャクの気迫に押されたように唖然《あぜん》としながら後ろに下がった。

「っ、同盟をご提案するために来ました！」

「同盟と言ったか？　国を守れずブリジトに逃げ落ちたおまえたちと、このルアランズが同盟だと？　ふざけるなよ！」

声を張り上げるカシャク。

俺はその声に尻もちをつき、視線を泳がせる。我ながら何とも無様《ぶざま》だ。

「カシャク伯爵《はくしゃく》、そこまで言うことはない。ルナンの前国王がエルヒン・エイントリアンをロゼルンに送ったからルナンを救えなかっただけ。そんな中、ルナンの国民を守り抜いてナルヤ軍を撃退しブリジトに定着したのは見事だ」

だが、意外にも味方してくれる貴族がいた。

何より事実とはいえここまで詳細に知っているということに少し驚いた。

システムで確認するとドフレ伯爵という人物だった。

見たところ俺たちに好意的な感じだ。

だがその本心まではわからない。

ゲーム上で有名な人物ではなかったから。

「ですが、自分たちの身を守ることさえままならない状況で、軍事的同盟を結んで我われに協力するだなんて滑稽《こっけい》ではありませんか。むしろ私には、同盟を結んで安全装置を設けた後、自分たちの発展を図って昔のルナンの地を復活させたい……という意図にしか思えませんが。単にこのルアランズを利用しようというだけです、陛下」

本気で同盟を組むつもりではないということを除けば、まさにその通り。

カシャクの言葉にドフレ伯爵以外の貴族たちは全員うなずいた。

王もまたそう思ったのか、やれやれと首を横に振ると俺に向かって言った。

「使臣よ、我がルアランズが強力な海軍を持てたのは全て古代エイントリアン王国のおかげだ。ゆえに、エイントリアンの名に配慮してもう一度貴族たちと話し合ってみよう。そなたはしばらく下がっていなさい。その間、王宮に滞在できる場所を用意しよう」

＊

カシャク・レチン伯爵。

ルアランズ王国の若い武将の中で一番権力のある人物だ。

露わにしたことはないが、彼には強い野心があった。

ルアランズ王国を強い国に生まれ変わらせる。

現国王は年老いていた。臆病《おくびょう》で戦争で国力を高めようという気概もなかった。ただ現状維持を望むだけ。

そんなことだから貴族たちに振り回され、この素晴らしい乱世の時代においても無駄な時を過ごしているのだ。

今動かなければ淘汰《とうた》されるだけだと、いくら説得しても王は聞く耳を持たなかった。

王だけではない。後継者争いばかりに精を出す公爵の連中も同じだ。

カシャクは彼らを、国を蝕《むしば》むだけの無能者だと思っていた。

大陸はますます混乱に陥っていた。こういう時こそ動かなければ待っているのは破滅《はめつ》だけ。

国の中枢がこの臆病な王と政争をしている貴族たちでなければ、ロゼルンとブリジトの戦争中に艦隊を出撃させて漁夫の利を狙うことができた。そして今ごろはブリジトの領地の相当部分を占領できていただろう。

それが最初のチャンスだった。

そして、今まさにあのルナンの滅亡で二度目のチャンスが訪れた。

だというのにただ傍観するだけとは！

カシャクはもはや我慢ならなかった。

あの情けない、たかが一領王の使臣相手にすら王は強硬な態度を示すことができない。

10年間計画してきたクーデターを実行に移すほかない、その時が来た。

もうこれ以上先延ばしにはできなかった。

最後のチャンス。ナルヤが大軍を失った今が動くべき時！

カシャクには自信があった。自分の野望に強い自信を持つ人物だ。

ナルヤと戦ったエイントリアンだろうが、ナルヤそのものだろうが関係ない。勝てるという自信があったのだ。

「この国を変えてみせる！　王はもう十分生きた。彼を殺し、操り人形となる王を立て、俺がこの国を変える！　そのために邪魔者はすべて排除しないとな」

カシャクは10年間心の内に秘めていた野心を自分に忠実な右腕の家臣ネルチンの前で口に出した。

「閣下《かっか》！　準備はできています！　王を守るあのふたりの年寄りさえ排除すれば、ルアランズは我われのものです！」

ネルチンの言葉にカシャクはうなずいた。

ルアランズを守るふたりの老人とは、大艦隊の司令官チェセディンと王宮親衛隊の隊長シャークを意味する。

幼少の頃からカシャクはこのふたりの存在が一番気に入らなかった。

「ふたりの年寄りをまとめて始末する。彼らを片付けたらすぐに王宮を掌握し王を交代させるのだ！　すべて迅速に行われなければならない。結局、歴史は勝者のものだ。王を替えれば我われが正義となり、反対派は全員逆賊として歴史に記《しる》されるだろう」

「はっ、閣下！」

「絶対に油断してはならない。慎重を期してこそ成功はついてくるものだ」

カシャクはネルチンに格別の注意を促した。カシャクは抜け目のない人物だったから。

だが、自らもそんなふうに確認することで確信できた。

成功しないはずはないと。

計画は完璧だった。

いくら考えても想定外のことなど何一つなかった。

＊

チェセディン・ラメル侯爵《こうしゃく》
ルアランズ王国第一艦隊《だいいちかんたい》の司令官だった。

この第一艦隊の存在によって、他国はルアランズへ攻め入ることを躊躇《ちゅうちょ》していた。

ルアランズは都市を巨大な運河が取り囲んでいた。

海だけでなく運河でも有効な海戦術を身につけた彼はルアランズにおいてかなり重要な存在だった。

それに海軍といってはいるが海戦しかやらないわけではない。むしろ海から乗り込んで陸で戦うことの方が多い。だから、このチェセディンを放っておけばクーデターで完全無欠の第一艦隊と戦うことになるということでもあった。

とはいえチェセディンさえいなければ、第一艦隊を掌握するのは難しいことではない。

第一艦隊の中枢にもカシャクの息のかかった者を用意している。あの老人を排除した後はそいつに艦隊の指揮を任せればいい。

今チェセディンは、近く行われる王宮親衛隊の隊長シャークの引退式の準備のため、王宮に向かっていた。

腹心のネルチンを含め数人の兵士を連れたカシャクは、チェセディンを引き留めた。

「侯爵閣下、折り入ってお話しがあります」

「先約がある。後で話そう」

「ナルヤ王国関連の急報です。一緒に陛下に会っていただきたいのです」

「急報だと？　ナルヤ王国はあの大軍を失ったと聞いてるが」

「王が率《ひき》いていた部隊が残っています。もしかするとこのルアランズにも戦火が及びかねないような情報でして……」

「ほう、それほどにもか」

そこまで言われたらカシャクについて行くしかなかった。いくら大軍を失ったとはいえナルヤはナルヤだ。大陸の最強国が襲い来るかもしれないなどといわれれば無視することはできない。

ちなみにこの時、チェセディンの友人であり親衛隊の隊長でもあるシャークは兵営にはいなかった。シャークはすでにカシャクの剣によって命を落としていたから。

カシャクが待機していた兵士に声をかけると、副官のうちひとりが前に出た。

「こちらがナルヤに潜りこませておいたスパイです。先ほど重要な知らせが入ったと戻ってきたばかりです」

その深刻な顔にチェセディンはうなずくしかなかった。

そして結局、カシャクの後に続いた。

カシャクが野心を抱いているとは夢にも思っていなかったから。

「何があったんだ」

「詳しいことは陛下の前で申し上げます」

そう言われてしまっては、それ以上訊くこともできなかった。

王宮に入ると当然の手順で武装を解除された。カシャクはもちろん彼の兵士たち、そしてチェセディンの後ろで物静かに付き添っている腹心も同様だった。

武装を解除されてからはカシャクが先頭に立った。ルアランズ王国における最大の建物と言える壮大な王宮。

黄金の装飾が施された内部は差し込む太陽の光に照らされて、その華やかさが一層威《い》容《よう》を誇る。

先頭に立っていたカシャクは王の寵愛《ちょうあい》を受ける王妃の閨房《けいぼう》の前で立ち止まった。

80歳を超えた王が新たに迎え入れた王妃の年齢はわずか22歳だ。

随分《ずいぶん》前から男の役目を果たせず子どももできなかった王だが、王妃を寵愛し今も王妃の部屋に滞在していた。

閨房の前にカシャクが立つと親衛隊の兵士たちが槍で行く手を遮《さえぎ》る。

「陛下に急遽お伝えすべき話がある。そこを開けるんだ」

カシャクが槍を睨みながら言うと兵士たちは難色を示した。

話し声が聞こえたのか、すぐに皇宮の侍従長《じじゅうちょう》が姿を現す。

「陛下は今誰にも会わないと仰られています」

断固として首を縦に振らない侍従長にカシャクは眉を顰《ひそ》めた。

「ナルヤ王国に関連することだ。伝えてくれ。敵国が侵略してくるかもしれない」

ナルヤ王国とは国境を接しているわけではないが、それでも最近大陸に出回るナルヤ王国の噂はみんな耳にしていた。

侍従長の顔が青ざめる。

「っ、それは本当ですか！」

カシャクが強くうなずくと侍従長は慌てて中へ入って行った。

それからしばらくして。

「お入りください」

侍従長は大急ぎで身振り手振りカシャクとチェセディンを案内した。

そんな中、チェセディンに気づかれないよう密かにネルチンに目で合図するカシャク。

この日をずっと待ち望んでいた。

10年も前から計画していた。

もちろん、カシャクにとってもクーデターは最後の手段だった。だから、ここに至るまで10年もかかったのだ。

今日は夢に見ていた自分の理想を追求するための権力を握る日だった。

カシャクは今日の青空がそんな自分を祝福してくれていると思いながら侍従長の後について行った。

チェセディンもその後に続いた。

王に会えるのは身分の高い貴族だけだ。当然、カシャクの兵士たちもチェセディンの腹心も一緒についてくることはできなかった。

カシャクの狙いはこれだった。

チェセディンのそばから腹心を引き離すこと。

シャークのようにチェセディンを暗殺できなかったのは彼の腹心のせいだ。

彼の腹心は長年チェセディンを護衛してきた武将で高い武力を誇っている。

だからこそチェセディンの暗殺には頭を悩ませた。

暗殺に失敗し、腹心がチェセディンを連れて艦隊へ逃げるという事態は絶対に避けなければならない。

そこでより良い方法、腹心を引き離すための機会を探った。

それがまさにこの瞬間だった。

カシャクは首尾よくチェセディンとふたりだけで王に謁見できることとなったこの状

況に満足しながら歩いていた。

だが、王のもとへ辿り着くまでの時間の流れはあまりに遅く感じられた。

緊張のせいか一瞬一瞬の重みが時間を遅らせる。

ようやく王の姿が見えた。

王は王妃に寄り添って座っていた。王妃がそんな王の口に果物を運ぶ。

「ナルヤが何だというんだ。わしらはナルヤと国境を接してもないのに……。ゲホゲホッ」

王は酷《ひど》く咳《せ》き込《こ》みながらそう訊いた。

手を下さずとも死が迫っていることは確かだったが、すでにその時を待って10年になる。

持病を抱えていながらも長生きの王。

おかげで機会は少しずつ減っていった。

カシャクは憎悪に満ちた視線を隠しながら王と自分の隣のチェセディンを眺めた。

「ところで君は……」

それからまた眉を顰める。

王と王妃の他に全く予想できなかった人物がいたからだ。

だが、すぐに顔を背けた。

そこにいたのはエイントリアンからの使臣だった。

先ほどの謁見室での振る舞い。他国の王宮であんなふうに弱い姿は見せてはいけない。

カシャクに凄まれた程度で腰を抜かす、毒にも薬にもならぬ無様で弱い男だ。

だから軽く無視してカシャクは王の前で言った。

「陛下、ナルヤ王国がルアランズを狙っているという報告が入りました」

カシャクはひとまず跪《ひざまず》いてそう告げた。手の上に汗が滴《したた》り落《お》ちる。

その嘘の報告に王は王妃が口に運んだ果物を飲み込めずに吐き出すと再び酷く咳き込んだ。

「ゲホゲホッ、そ、それはどういうことだ。ナルヤ王国がどうやって……！」

その〝どうやって〟にはナルヤとは国境を接していないのにそんなことが可能なのかという意味が込められていた。

当然ながらチェセディンも同じ顔でカシャクを見る。

「それは本当か！　一体どうやって！」

チェセディンと王の質問にカシャクは真剣な顔で断言した。

「本当です」

まさにその時、驚愕した表情のチェセディンと王の耳に突然武器がぶつかり合う音が聞こえてきた。

そして、その鉄の音と共に悲鳴が上がる。

――貴様ら……一体、グァァァァッ！

チェセデインの腹心の絶叫。

これが合図だった。

カシャクは素早く隠していた腰帯剣《ようたいけん》を取り出した。

そして剣を手に一言言い放った。

「申し訳ございません。侯爵閣下。これも新時代のためです」

異常事態に閨房の外の様子を確認しようとしていたチェセディンが、カシャクの言葉に振り向いた。

いや、振り向こうとした。

だが、カシャクはそんな隙を与えなかった。

老いたりといえども広くまっすぐなチェセディンの背中に向かってマナの宿った剣を振り下ろす。

「侯爵閣下！」

王妃がいち早くそれに気づき、持っていた果物を投げながら叫んだ。

だがカシャクの剣はそれよりも速かった。チェセディンの身体は振り向きざまに崩れ落ちる。

渾身《こんしん》の一撃にチェセディンは倒れたまま二度と起き上がることはなかった。

その姿に驚愕《きょうがく》した王が震え上がって声を上げる。

「っつ、貴様！！！　カシャク！　何のまねだ！」

同時に王妃が外に向かって叫んだ。

「親衛隊！　今すぐ中へ入って陛下をお守りなさい！」

しかしカシャクは笑うだけ。

入ってくる親衛隊はいなかった。むしろ閨房に入ってきたのはカシャクの部下たち。

「閣下、間もなく親衛隊の兵士たちが押し寄せて来ます！」

ネルチンがカシャクに耳打ちする。

どのみち時間との戦いだ。親衛隊が来る前に終わらせればそれでいい。

この王さえ殺せば全ては終わる。カシャクはすかさず王に剣を向けた。

「なりません！」

その前を王妃のセレナが遮《さえぎ》った。

「王に剣を向けるなど、それでもあなたは誇り高きルアランズの貴族ですか！」

「王妃様、国を滅ぼすような工は必要ありません」

セレナの大きく見開いた真っ直ぐな目を見てカシャクは首を傾《かし》げた。

22歳という若さでありながらその心の強さは尊敬に値する。

だが、それでも生かしておくわけにはいかない。

気概は気に入ったが、今この瞬間の邪魔者は皆殺《みなごろ》しにすべきだった。

「あそこの使臣も目撃者だから殺せ！　俺は王と王妃を始末する！」

カシャクは部下たちに命令すると王妃セレナに向かって剣を振り下した。

＊

カシャクによる襲撃が起こる少し前のこと。

「陛下、お疲れではありませんか？　私がお身体をほぐして差し上げます」

「そうか、では頼もうか」

セレナは老いた王の肩を揉みながら口を開いた。

「どうでしょう？」

「気持ちいい。だがな、肩揉みもいいが手を止めて隣に座ってくれるか。貴族たちの政争は頭が痛いだけ……君の笑った顔を見る瞬間が一番幸せだ。ホホホ」

「なんとも嬉しいことを言ってくださりますね」

セレナはそう言ってにっこりと笑った。

実はセレナが王妃の座に就いたのは、彼女の父ドフレが中道派に属するからだ。

現在ルアランズの貴族は後継者の座を巡って二派に分かれて激しく対立しているため、どちらか一方《いっぽう》の勢力に王妃の座を渡すことはできなかった。

王が世継ぎを作れぬ身であることは周知の事実だが、それでもただ死ぬのを待つわけにはいかない。万が一の可能性のために誰かを王妃として娶《めと》らねばならない。しかし一方の勢力から王妃が出れば他方が不利益となる。だから中道派であり権力もない貴族ドフレの娘が王妃に選ばれた。

そんな理由で自分の意思とは関係なく、ましてや父ドフレの意思とも関係なく王妃に選ばれたのがまさにセレナだった。

もちろん、そこには王の欲が関与していた。セレナはまさに絶世の美女だった。

「ホホホ、なんとも美しい笑顔だ」

「陛下！　貴族たちが全員参上いたしました！」

その時、侍従長が報告を上げた。

王は面倒そうな顔を向ける。

「陛下、本日は決定すべき重要事項があるので、何《なに》とぞご出席をお願いします」

そこに王を迎えに来た貴族まで加わった。

「貴族たちめ、こんな年寄りを煩《わずら》わせよって」

王はやむを得ず気が向かない顔で王妃の部屋を出た。

するとしばらくして別の男が王妃のもとを訪ねてくる。

実父のドフレ伯爵だった。

「お父様、お待ちしておりました」

セレナは明るい表情でドフレをテーブルに案内すると侍女に命令した。

「お茶をお持ちしなさい」

「はい、王妃殿下」

侍女たちが引き下がるなりセレナは待ちわびていたかのようにやきもきした顔でドフレを見た。

「王妃殿下、お呼びでしょうか」

ドフレの質問にセレナはうなずいた。

「エイントリアンから使臣が来たそうですね」

ドフレはじっと娘のことを見つめた。

彼女は幼い頃からとにかく世間話が好きだった。噂話から始まり人生の話、恋の話、戦争の話、どんな話にも興味を示した。

その中でも最近はエイントリアンの噂に夢中だった。

何せあのナルヤ王国やブリジト王国の軍を倒したというのだから！

エイントリアンの話となればまるで年端《としは》もいかない子どものように目を輝かせながら話に熱中した。

「王妃殿下、私よりもエイントリアンの噂ですか？」

ドフレが苦笑しながらそう尋ねると、セレナは首を横に振った。

「とんでもありません！　もちろん、お父様が一番です！　ただ、興味深い噂ばかりなのでつい……それだけです」

セレナはそう言ったがドフレは内心笑ってしまった。少しどころかすっかり夢中になっていたからだ。

宮中に押し込められてさぞ退屈なのだろう。

エイントリアンの若い領主は自由奔放《じゆうほんぽう》で自ら大陸を往来しながら勝利を勝ち取っているわけだから、セレナは彼の行為を通じて疑似体験的に満足感を得ているのだろう。

「使臣の訪問の目的は？　いらっしゃったのは何という方なのでしょう？」

彼女の好奇心旺盛《おうせい》な顔を見たドフレは笑って口を開いた。

「ハディンという人物のようです。エイントリアン伯爵の家臣で爵位《しゃくい》は男爵と聞いています。同盟の申し入れに来たようですが……そう簡単にはいかないでしょう。カシャクはこちらには何の利もないと考えているようです」

「そんな！　あの方と手を組めば私たちにとっても大きな力となります。他の貴族たちはあの噂を聞いていないのでしょうか？」

「それよりも彼の持つ勢力が小規模なのが問題なのでしょう。貴族は数字を比べるのが好きですから。いくらナルヤを倒したとはいえ小勢力と対等に同盟を結ぼうとするはずがありません。ナルヤの大軍を倒せたのも運だと思っているでしょうし」

「でも……今はあの規模でもすぐに大きくなると思うんです。今はむしろ更なる挑戦のために力を蓄えているに違いありません！」

セレナはもどかしそうな顔で叫ぶ。熱望のこもった声だった。

「私もそう考えています。大陸の情勢からしてエイントリアン伯爵はわざとブリジトの旧領土を選んだのでしょう。その過程でナルヤを再び倒したことも事実です。誰もが怯《おび》えるあのナルヤを」

ナルヤの奇襲を見破り押し返した第一次戦争での策。

ロゼルンに攻め込んできたブリジトを倒してむしろ返り討ちにした戦略。

そして、大軍を誘引してマナの陣で潰走《かいそう》させた最近の戦いまで。

こんな人物が歴史上に存在したか？

まさに古代王国を建てたエイントリアンの初代国王の現身《うつしみ》ではないか。

ドフレはそう思っていた。

そして、この話に夢中な娘のために自らエイントリアンに人を送って情報を集めることもした。

「同盟を結べないなんて……残念です」

娘が意気消沈した姿を見せるとドフレはしばらく考えては口を開いた。

「直接エイントリアンの使臣にお会いになりますか？　会って話をするだけなら問題ないでしょう。ずっと詳しい話を聞けると思いますよ」

「そ、そんな、本当ですか⁉　では、陛下にもお話してみます。陛下と一緒に会えば何か変わるかもしれません。同盟について考えが変わるなんてことも……」

ドフレは明るく笑うセレナを見て内心笑ってしまった。

鳥かごの中に閉じ込められてしまった娘だ。

いつもやるせない気持ちでいたが、こんなにも喜ぶ娘の姿を見たドフレは何としても会わせてあげようと決意した。

王と共に使臣に会ったところで何も変わらないとは思っていたが、娘が喜ぶなら十分に価値のあることだから。

＊

カシャクが剣を振り下ろす。

閃《ひらめ》く剣刃《けんじん》にセレナは目を閉じる。

これが自分の末路《まつろ》であることはわかっていたが暗鬱《あんうつ》だった。

こんなふうに死ぬのも運命なんだ。そんな思いで全てを諦めた、その瞬間。

異変が起こった。

傍にいた使臣が突然それを打ち返したのだった。

当然、カシャクと彼の部下たちが驚かないはずもない。

一体いつ剣を取り出したのか……いや、そもそも持ち込むことなどできないはず。

「貴様、何のまねだ！」

カシャクもセレナもこの事態に戸惑《とまど》いを隠せなかった。

だが彼の剣によって王妃セレナの命は繋がった。

とっさにカシャクの部下たちがエルヒンに飛びかかる。

しかし所詮は雑兵《ぞうひょう》。カシャクの部下たちはエルヒンの剣技によって全員地面に転がった。

＊

「後ろに気をつけてください！」

大通連《だいとおれん》で敵を切り捨てたエルヒンの背中に、セレナの声が響く。

彼女は王を庇《かば》うように後ろへ下がっていた。

だが肝心の王は怒りで血圧が上がったのか、顔を赤くして倒れ込んだ。

ひとりで起き上がることさえ不可能に見えた。

セレナはそんな王を支えて無理やり立ち上がらせる。

「陛下、早くここから退避しましょう」

「っ、そ、そうだな。すぐにここを出よう」

王はうなずいてセレナの言葉を受け入れた。

だがエルヒンはセレナと王を前にして言った。

「王妃殿下。その必要はありません。王宮はここです。どこへ行くと仰《おっしゃ》るのですか？」

エルヒンは後ろにいるカシャクのことは気にも留めずに言った。

「エイントリアンの使臣、ハディンと言ったな。まさか演技をしていたのか？」

ネルチンを一撃で殺してしまったことにはカシャクも少なからず当惑していた。

自分でさえネルチンを一撃で倒せる自信はなかったからだ。

カシャクは全く予想もしていなかった展開に苦虫を嚙《か》み潰《つぶ》したような顔でエルヒンに剣を向けた。

エルヒンはカシャクと言葉を交《か》わすつもりはなかった。

「知る必要はない。貴様にもここで死んでもらう」

始末すべきやつはさっさと片付ける。

エルヒンは再び大通連を振るう。カシャクは素早く剣を構えて阻止《そし》した。

いや、阻止したように見えたが大通連の連撃はより速く鋭かった。

武力92のカシャクはA級である上にマナまで使えたが大通連を使ったエルヒンの前では赤子同然だった。

すでに結果の決まった戦い。

あっという間に大通連は円を描くようにゆったりとした余裕のある動きでカシャクの首を斬ってしまった。

スパッと切断されたカシャクの首級は床に落ちて転がった。

「お怪我《けが》はありませんか?」

エルヒンはその転がる首級から王とセレナに視線を移して尋ねた。

ルアランズの王はそんなエルヒンを眺めながらうなずく。セレナは王を支えて椅子に座らせた。

「エイントリアンの使臣よ、恩に着るぞ！」

「まだ安心できません。他にも謀反《むほん》を起こした兵がいるはずです。一日二日で計画されたことではないでしょうから」

「なっ、なにっ……！　ゲホゲホッ」

「陛下！」

王は驚きのあまり酷く咳き込んだ。

「ご心配なさらず。敵が来ても私が片付けます」

エルヒンは冷静にカシャクの首級を拾い上げるとそれを持ったまま外へ出て行った。

彼の予想通り宮中は混乱のただなかにあった。

カシャクが宮中の門番として潜り込ませた間者が門を開け、それと同時に突撃したカシャクの兵士たちが親衛隊と激戦を繰り広げているところだった。

ここで王とチェセディンを殺し、カシャク本人があの兵力を率いることができていたなら、数的優位を覆《くつがえ》しクーデターが成功していただろう。本来の歴史通りに。

だがカシャクは死んだ。

エルヒンは反乱軍の前にカシャクの首級を投げつけて叫ぶ。

「反乱の首魁《しゅかい》は首級を取られた。親衛隊の兵士たちよ、残る賊軍《ぞくぐん》を即刻処断しろ！」

反乱軍の兵士たちはカシャクの首級を見るなり固まってしまった。

親衛隊は突然現れたエルヒンの命令に戸惑いながらも、反乱軍に向かっていく。

エルヒンはその姿を見ながら内心笑った。

クーデターのことを知っていたとはいえ、まさか俺が到着したその日に起こるとは予想もしていなかった。

いや、あの謁見の後に王妃に呼ばれたことも意外だったが。

最悪俺がカシャクを焚《た》きつけようとまで考えていたのだが、おかげで早く片付いた。

ルアランズにはA級の武将はいてもS級の武将はいない。

王も平凡な男だから無理をして生かして取り込むべき人材はいなかった。

だが結果として将来害となる存在を消し、さらに王からの信頼まで得ることができたのは幸運だろう。

＊

反乱の知らせを聞いたドフレは息を切らして王宮に駆けつけた。

どれだけ必死に走ってきたのか見てわかるほどに全身汗まみれだ。

王はショックから寝込んでしまっていた。看病をしていたセレナがドフレを迎える。

「セレナ！　無事か！」

思わず殿下と呼ぶのも忘れ駆け寄るドフレの姿は、娘の身を案じる父親のそれだった。

むしろセレナの方が冷静にうなずいた。

「私は大丈夫です」

「いや、驚いたよ……怪我はないか？」

「はい。心配いりません」

「それならいいんだが」

ようやく安堵《あんど》の吐息《といき》を漏らしたドフレは近くの椅子に座りこんだ。

「それにしてもまさか、あのカシャクが謀反を起こすとはな……」

「ええ、私も驚きました。けれどエイントリアンの使臣の方が私たちの危機を救ってくださったのです」

ドフレの隣に座ったセレナが緊迫の瞬間を話し始める。

ドフレはセレナの話を聞けば聞くほどに顔色が青ざめていった。

「エイントリアンの使臣殿がいなければ二度と娘に会えないところだったな……」

「お父様ったら。この通り私は生きているんですから」

「ハハハ」

ドフレはため息をつくように笑っては首を横に振った。

「でも、よかった。本当によかった……」

「ところで、あの方は一体何者なのですか？　まだあまり話もできないままにこんなことが起こってしまって……」

「彼がカシャクを殺したのだったな」

「はい。本当に一瞬のことでした」

セレナはその時の状況を思い浮かべながら落ち着いて説明した。

そうするほどにドフレは娘の肝《きも》の太さを実感した。そんな切迫した瞬間の出来事をすべて覚えているとは。

普通の娘だったら驚いて取り乱してしまうような状況だった。

「それほどにもすごい男だったのか。エイントリアンの使臣にしては気概がないと思っていたが……。それならもう一度会ってみた方がよさそうだな」

「お父様、あの方とエイントリアンはルアランズの恩人です」

「それはそうだ。お前が思うにあの人物はどうだ？　見立てを訊きたい」

ドフレの質問にセレナは考えることもなく即答した。すでに答えは出ていたからだ。

「大きな方でした」

「大きい……だと？」

思ってもみない答えだった。ドフレは首をかしげた。

するとセレナは再びにっこり笑って見せる。

「体格の話ではありませんよ」

セレナは手を振りながら否定すると真剣な表情に戻って再び口を開いた。

「敵を斬ってそこで終わるのではなく、すぐに次の状況を読んで動かれてました。あっという間に親衛隊を指揮し始めて、親衛隊もあの人に従うしかなかったのです。その結果、残党は一瞬で制圧されてしまいました」

「そうだったのか……」

絶賛だった。自分の娘が誰かをこんなにも称賛するのを聞いたことはなかった。

「お父様、国事に干渉するつもりなどありません。そうしてはならない立場でもあります。ですが……少なくとも恩人に報いることが出来なければルアランズの恥です。それに彼らと同盟を組めば絶対に損はありません。もう一度貴族たちを説得してください！」

「それは……全力を尽くそう」

ドフレはうなずいたが他の貴族たちが自分の言葉を聞いてくれるかは未知数だった。

彼らには何の得もない同盟の話なんかよりも、自分たちが選んだ後継者が次期王になることの方が重要だったからだ。

「それと、私もぜひもう一度お目にかかりたいのです。訊きたい話もたくさんあるんです、お父様」

セレナはもう一度憧れの瞳でドフレに頼んだ。

当然ながら、ドフレ伯爵は娘の頼みを断ることはできなかった。

そして、王妃宮を出たドフレは王妃としてではなく娘として接していたということに気づくと自分の頬を軽く張った。

＊

「恩返しなど褒美を与えればよいこと……。同盟は国事です、陛下！」

「そうでございます！」

再び開かれた会議。そこでもルアランズの貴族たちは同盟を強く拒んでいた。

まあ想定内のことだ。

国と国との間に結ばれる同盟はただの仲良しごっこではない。

つまり、ある程度対等、あるいはお互いに益のある関係になってこそ成立するもの。

以前のルナンとロゼルンの関係のように。

だが、俺はルアランズに仕える気など微塵《みじん》もなかった。

「エイントリアンと同盟を結んで我われが得られるものは何か。説明してみよ」

そんな中、ドフレ伯爵が俺に尋ねた。彼はなぜか俺に好意的な人物だ。

王と王妃に会えるよう場を設けてくれたのもこのドフレ伯爵だった。

今の彼の言葉はここに集まった貴族たちを説得してみろという意味だろう。

「我々の諜報《ちょうほう》によると神聖ラミエ王国がルアランズとの国境に軍を配備し始めているとのこと。おそらくナルヤに触発されて戦を始めるつもりでしょう。ですがそうなれば、エイントリアンの軍隊が手を貸すことができます。ナルヤとブリジトを連日相手した精鋭でございます」

これは嘘ではない。もう少し先の話ではあるが、ルアランズに接するラミエ王国は虎《こ》視眈々《したんたん》と領土拡張の機会を伺っている。

だが俺の言葉を聞くなり貴族たちは気に入らないという表情を浮かべた。

「ラミエ王国は我われの同盟国だ。何の根拠があってそんな戯《ざ》れ言《ごと》をぬかしてやがる。それに、たとえそんな事が起きたとしても我がルアランズの海軍は大陸最強だ。助けなど必要なものか！」

そのうちのひとりが海軍に対する自信をのぞかせながら叫んだ。しかし、それは有能な司令官がいた時の話にすぎない。

チェセディンが死んだおかげで間もなくその海軍は愚昧《ぐまい》極まりない人物が掌握することになる。

「ゲホゲホッ……使臣よ。それは朕《ちん》も聞き流すわけにはいかん。ラミエ王国の王は朕とは古い友人だ。彼らが我われを攻撃するとは思えん」

「それだけではありません。ナルヤ王国はいつでもここを攻撃できる状態にあります。今は国境を接していないからといって安全とは言えないのです」

ナルヤ王国は海軍が発達した国ではない。

だから完全に安心していたルアランズ王国であったが、そんなのはとんでもない話。あのナルヤの王が狙わない国などあるはずがない。

「もうよせ。根拠もない話で混乱を招いているだけではないか。話はもう十分だ。まあ、反乱を防いだのも事実。よって最後の機会を与えよう。このルアランズに仕えよ。朝貢《ちょうこう》を捧げて属国になるというのなら見逃してやってもいいだろう」

貴族たちの首長ゼータ公爵がそんな戯れ言をぬかした。

「それは困ります。同盟はあくまで対等な関係において成り立つべきです」

「では今すぐこの場を去れ！」

ゼータ公爵がそう結論を出すと他の貴族も同調し始める。

ここでこれ以上言うべきことはもうなかった。

同盟の約束はいつだって裏切りで破れる氷上の関係のようなものだから。

それに、俺には他にもやるべきことが残っていた。

「卿《きょう》たちがそう言うなら……ゲホゲホッ。使臣よ、悪いが国へ帰ってもらおう。朕の命を救ってくれた恩には金塊で報いる……！」

結局、王は貴族たちに軍配を上げた。

＊

「兄貴が死んだ？」

「はい……なんと悲惨《ひさん》な最期《さいご》でしょう。ルシャク様！」

「ククク、そうか。兄貴は死んだのか」

カシャクの領地にて。

カシャクの弟ルシャクは、無念の表情を浮かべる家臣たちの前で笑い出した。

心の中で笑おうとしたが普通に笑ってしまったのだ。

「ルシャク様？」

家臣たちの反応にルシャクは慌てて顔色を変えた。

「ああもちろん復讐《ふくしゅう》してやる。兄貴を殺すとはな。王と貴族たちを絶対に許すものか！」

言葉ではそう言ったが、ルシャクは内心兄が築き上げた権力を丸ごと自分が受《う》け継《つ》ぐことになるという事実に快哉《かいさい》を叫んでいた。

「兄貴が王都と王宮に潜り込ませた間者はまだ健在だと言ったな？」

「はい。エイントリアンの使臣の介入さえなければ……彼らも一斉に立ち上がって閣下をお守りしたはずです！」

ドスッ！

ルシャクは話の途中で家臣を足で蹴り上げた。

それから息巻いて叫ぶ。

「黙れ、これからは俺が閣下だ！　そこはきちんとしてもらえるか？　前閣下と言え、前閣下だ！」

「っ、申し訳ございません」

家臣が身を起こして謝罪するとルシャクは鼻で笑った。

「まあいい。兄貴の友人であるレクセマン伯爵も手を貸してくれるとのことだし、そうなれば簡単なことだ。王宮の親衛隊など、兄貴が潜り込ませた王宮の守備兵が門を開けてしまえば何の問題にもならない！」

カシャクが10年も緻密《ちみつ》に準備してきた計画だ。カシャク自身の死は想定されていなかったとはいえ、一度の失敗で頓挫するようなものではなかった。

「王宮に突撃する。反乱の連座制で我が家を滅ぼそうとしているルアランズ王家に血の復讐を開始するぞ！」

クーデター首謀者の家族。当然彼らが捕まるのも時間の問題だろう。ルシャクはよう

やく手に入れた当主の座を手放すつもりもなく全兵力を率いて王都へ進撃した。

それは夜陰《やいん》に乗じて迅速に行われたのであった。

＊

［ルシャク反乱軍］
［兵力：2万2000人］
［士気：90＋10（憤怒《ふんぬ》）］
［訓練度：88］

ルアランズの王都へ進撃するルシャク反乱軍。

カシャクが潜《もぐ》り込《こ》ませた共謀者《きょうぼうしゃ》たちの手によって王都の門はあっけなく開放されてしまった。

「カシャク様のために！」

どうやら10年の間にカシャクが築いたのは相当なものだったようだ。ルシャク反乱軍に付加された憤怒による士気上昇＋10がそれを物語っている。

さすがカシャクが訓練した兵というべきか、反乱軍はあっという間に王宮を占領した。

もしカシャクを殺せていなければ、いつエイントリアンに侵攻してきてもおかしくなかっただろう。

「皆殺しだ！　王の軍隊を皆殺しにしろ！」

ルシャクは典型的な台詞を口にしながら王都を荒らし始めた。

［ルアランズ王都守備兵］
［兵力：２万人］
［士気：７０］
［訓練度：８０］

最初３万の兵力だった王都守備隊だが、ルシャクの声に応じておよそ１万が寝返った。

王都守備兵の中でもカシャクを慕《した》っていた兵士たちだ。

おかげで形勢は一気に反乱軍に傾いた。

港湾都市の王都は海からの侵攻を防ぐために守備隊のほとんどが海軍戦力だった。

それもマイナスに働いた。

王都に火の手が上がる。しかしまだ自慢の海兵隊は王宮へたどり着けない。

まあ、当然のことではある。艦隊の司令官を務めていた有能な武将チェセディンはカシャクによって暗殺された。

王の心の支えであり、ずっと国を守ってきた老武将シャークもカシャクが殺した。

そんな状況で反乱軍をどう阻止するというのか。

ここにも炎。あそこにも炎。

カシャクを殺したとしても結局のところ反乱は成功する運命だったということだ。

ルシャク・レチン。

こいつは大したことない。実に暴悪な男で、ゲームでは確かカシャクが政権を握った後に失態を犯して処刑される。

そんなやつが政権を握ったらルアランズはめちゃくちゃなことになるだろう。

俺としては無能なルシャクが政権を握ってくれたほうがありがたい。

そして俺は艦隊を手に入れるため、これから無能なルシャクが握った政権を打倒する。

俺の軍は動かせないが、ナルヤもすぐに攻めには転じれない。

ならば自壊するように仕向ければ、最小限のコストで最大限のリターンを得られる。

これが俺の計画だった。

*

「陛下、こちらでございます！」

ルシャクが王宮に乱入したという知らせを受けると、王は親衛隊と侍従たちを連れて古い隠し通路を抜けて退避し始めた。

エイントリアンにあったのと同じ、千人規模でも通り抜けられるような隠し通路だ。

王妃セレナと、娘のことが心配で駆けつけたドフレも一緒だ。

他の有力貴族たちは火の海になることが明らかな王宮に入ってくることはなく、足早に王都の外へ逃げた。

こんな状況では自分の領地に戻るのが一番いい方法だったから。

それにしても、国も王も守らずに何のための貴族なのか。

彼らは王都にいればルシャクによって殺されると考えて撤退をしたわけだが、しかし王都の外へ逃げて行くのをルシャクが黙って見ているはずもない。

どちらにせよ貴族たちの命は風前の灯火《ともしび》だった。

隠し通路について知っているのは王だけ。結果的にドフレは正しい選択をしたわけだ。

しばらく隠し通路を進むと目の前に巨大な鉄の扉が現れた。

「陛下、あの門は何でしょう？」

「それはわしにもわからん。古代王国時代からの施設だとは聞いているが、どうやって開けるのかまでは……。ゲホゲホッ」

「真ん中にあるのはもしかしてマナの陣というものですか？」

門の中央に描かれたマナの陣。

本で見たことのあったセレナが尋ねるとドフレはうなずいた。

「そのようです。それより殿下、今は開かない門を気にしている場合ではありません」

「そうだ、セレナ。ルアランズの先代王が作った隠し通路は扉の横だ。先を急ごう」

王の命令により巨大な鉄の扉の存在は脳裏《のうり》から消し去って一行は再び歩き出した。

「お父様、大丈夫ですか？」

セレナはドフレの手を握った。それにドフレはうなずく。

セレナが平気なのに自分が弱音を吐くわけにはいかない。

「平気だ」

王とセレナの一行は隠し通路を抜け出すのに相当な時間を費やした。

王は高齢であることから足元もおぼつかず、隠し通路の道もかなり険《けわ》しかったため、脱出はそう容易ではなかった。

だが隠し通路なだけあって今のところはまだ追跡されていなかった。

不幸中の幸いというべきか。

その長い道のりの末、ついに隠し通路の外に出ることができた。

隠し通路は王都の外へ繋がっていたわけだが、それは王都を囲む城郭《じょうかく》の外へ出たということを意味した。

「陛下、ひとまず私の領地へお連れいたします。まずは安全な場所へ退避してから、他の領地と協力して王都を取り戻した方がよいかと」

「そ、そうだな。そうしよう。何でもいいから今は気を休めたい」

「はい、陛下！」

だがしかし年老いた王は馬に乗れる状態ではなかった。

馬を走らせることもできず引いて歩くしかない。

ドフレがこのままではまずいと思ったその時。

結局、その逃亡は足がついてしまった。

王宮に王がいないことから逃亡に気づいたルシャク反乱軍が王都の外を隈《くま》なく調べていたのだ。

反乱軍を見るなり親衛隊の顔が青ざめた。

数からして敵いそうにもなかったからだ。

「王を捕まえろ！　王を捕まえた者にはたっぷりと褒美《ほうび》を与えるというルシャク閣下のご命令だ！　あとは皆殺しでいい！　殺して殺して殺しまくって、捕まえろ！」

反乱軍が王の列に斬《き》り込むと瞬《またた》く間に入り乱れて親衛隊と侍女が殺された。

逃げているところを殺され、途中で足が縺《もつ》れたところを殺され。

なんとか王とドフレ、セレナ、数人の従者は森へと逃げ込んだがそれも長くはもたない。

当然ながらドフレの顔からも血の気が引いた。

「陛下、分かれて逃げた方がよさそうです。あいつらの狙いは陛下でございます」

「どんな方法でもいい。朕はまだ死ねないのだ……！　何か策をいえ！」

セレナが身を乗り出してそう言うとドフレは娘の顔を見つめた。

「侍従長の服に着替えてください。そして、陛下の服を侍従長に着せ、その侍従長を陛下のように仕立てるのです。地方の領地にいた反乱軍がほとんどです。私がそばにいることで騙されるでしょう」

セレナの美貌《びぼう》はルアランズに広く知れ渡っていた。目立って当然。

王妃の傍に王の服を着た者がいれば普通に王だと思うはずだ。

もちろん根本的な解決策ではない。

反乱軍の数が多いため分かれて逃げたところで結果的に両方捕まる可能性もある。

だが、他に方法があるわけでもなかった。

王を捕まえた者に与えるとされる褒美に目が眩《くら》んで全員が王だけを追いかけるはずだからひとまず時間は稼げる。

「セレナ、そなたが……？　それは……」

「陛下、時間がございませんので……！」

王はしばし悩んだ。

王妃のことは愛している。だが、この王は自分の命が最優先だった。

「……それなら仕方あるまい。今はそなたの申し出に頼るしかないな。王都奪還した暁には大きな褒美を与えよう……！」

王は成し得ないことを言いながらセレナの提案にうなずいた。

「王を探せ！」

それでも親衛隊の数は１０００人に及んだため、彼らが後方で奮闘している隙に一行は二手に分かれた。

「王妃殿下、こうなっては殿下の命が危険です」

すると、ドフレが血が騒ぐ思いで娘に向かって叫んだ。

「王妃になった以上、夫である陛下をお守りするのは当然のことです」

「この王はお前を犠牲にすると言っているのだぞ……！　どうしてお前はこうも義理を通そうと……ふたりが男女の関係にないことも、陛下に情がないってことも全部俺は知っている！　夜を共にしたことすらないのに何が夫だ！」

「そうかもしれませんが、私はすでに王妃となった身です！」

ドフレは絶望感に襲われた。

このままでは愛する国を失ってしまう。

だがしかし、今この瞬間、彼には国を失うという事実よりも大事なことがあった。

それだけは絶対に失いたくなかった。

だから、セレナの腕を引き寄せた。

「お父様？」

「セレナ！　早く逃げなさい！」

「貴様！　自分が何を言っているのか分かっているのか！」

王が顔を赤くして叫ぶ。だがドフレはきっと王をにらみつけて黙らせた。

「そうはいきません。どのような成り行きであれ私は王妃なのです」

「その陛下との結婚そのものが間違いだったんだ！　くそっ、貴族たちがお前を利用しようとした時にいっそお前を連れて他の国へ亡命でもすべきだった……！」

ドフレは後悔を滲《にじ》ませた。

「それでも！」

「もうよせ。お前だけでも自由に生きるんだ、セレナ。お前が子どもの頃から夢に描いてきた世界で！　もっと早くこうすべきだったな」

「お父様……！」

ドフレは最後にセレナの姿を目に焼き付けた。

「すまない」

愛してやまない娘だ。

だから、最後の言葉を残して。

「お……父様……」

彼女の首の後ろを強く打って気絶させた。

ドフレ伯爵も武将だ。

「君たちは娘を連れて逃げろ！　急げ！」

それから自分についてきたふたりの家臣に向かって叫んだ。

セレナが子どもの頃からドノレ家に仕えてきた家臣たちだった。

「閣下……ですがそれは！」

「早く行け！　躊躇すればここからは逃げられない。俺からの最後の頼みだ。君たちが逆の立場で考えてみろ。娘を見捨てられるか？　セレナを連れて君たちの家族がいる領地に戻ってくれ！　これは主としての最後の命令だ！」

「……」

その断固たる意志にふたりの家臣は互いに目を合わせた。

「お前が行ってくれ！　私は最後まで閣下にお仕えする」

「いいえ、ここは私が！」

「こうしている時間はない。早く行け！　反乱軍はもうそこまで来ているんだ！」

緊迫した状況に結局どちらかがうなずくしかなかった。

故郷にいる自分の家族のことも思い出してしまい提案を受け入れざるを得なかったのだ。

「私も武将だ。反乱軍と戦って時間を稼ぐ。その間に逃げるんだ！」

ドフレは身を挺して時間を稼ぐつもりで反乱軍を迎えて剣を抜いた。

もちろん、自分でもそれほど長くは持ちこたえられないということはわかっていた。

だが、方法はこれしかなかった。

＊

ルアランズが滅亡した原因は後継者がいないことでの勢力争いにあった。

結局は派閥《はばつ》争いというわけだ。

国の未来を考えての派閥争いならともかく、自分たちの利益ばかり考えているような連中に救いようはない。

だからカシャクのような既存の貴族に不満を抱く勢力が台頭してきたわけだ。

さて、後釜《あとがま》に座ったルシャクは俺の知るように暴政を敷くのか。

ひとまずそれをこの目で見守る必要があるためしばらくは王都付近に滞在するつもりだった。

そして、王都の外を見て回ると、反乱軍が集まっている様子が目に入った。

「国民に何の罪があるのですか！　今すぐ無意味な殺戮《さつりく》を止めてください！」

前方から聞こえてくる声。

その声の主には見覚えがあった。

王妃セレナ。

たった一度会っただけだが、忘れられるはずがない。

ユラシアとは違うタイプだが彼女に比肩するほどの美貌だったから。

さらに、その美貌よりも記憶に残っているのは、王を守るために躊躇なく身を投じた気概だった。

あのカシャクですら彼女のことを認めていた。

ルアランズの王妃がどうしてひとり反乱軍に包囲されているのかはよくわからない。

「こいつ、何言ってんだ？」

反乱軍の兵士たちは当然にも彼女の言葉を聞き流した。

「あなたたち……」

彼女は強烈なまなざしで兵士たちを睨みつける。

自分は殺されてもいい、という態度。
だが、そこには見落としがある。
兵士たちに彼女を簡単に殺す気はなさそうだということ。
「こんなにきれいな女は初めて見たぜ」
「着ている服を見ろ。身分の高いお嬢様なんだろう」
「おい、涎が垂《た》れてんじゃねえか！　汚ねえなおい」
反乱軍の兵士たちは舐めまわすようにセレナの身体を見ていた。
兵士たちの士気を高めるために略奪、放火、殺人などは禁止されていないはずだ。
あのルシャクなら尚更《なおさら》。
下衆《げす》な笑みを浮かべた兵士がセレナの肩を摑もうとする。
恐怖からきゅっとセレナは目を閉じた。
その瞬間、俺は背後から兵士たちに奇襲をかけた。
この程度の雑魚相手なら大通連を使う必要もない。
それくらいには俺のレベルも上がっていた。
何かあれば［30秒間無敵］を使えばいい。
彼女に触れようとした兵士の腕を切断し、返す刃で首を刎ねた。
仲間の死に驚いて慌てて槍を構える兵士たちも［攻撃］コマンドを連打して排除する。

「グァァアアァッ！！！」

［セレナ・ドフレ］
［年齢：22歳］
［武力：2］
［知力：77］
［指揮：72］

指揮を見るとユラシアのように高い魅力度で人々を魅了するタイプなのだろう。

美貌はユラシアと肩を並べられるが、ユラシアよりも指揮が低いのは武力値の影響が大きいようだった。

ユラシアは自らが戦場に立つタイプだから当然にも高い魅力度に伴《ともな》う相乗効果で兵士たちが従うようになるというところか。

おそらく彼女の指揮は戦場で必要な指揮とは違うタイプのようだ。

セレナは突然兵士たちの悲鳴が聞こえたので、そっと片目を開けて様子をうかがった。

おかげで彼女のそのうっすら開いた目と俺の目が合ってしまった。

「王妃殿下、一体どうしてこんな所にいらっしゃるのですか！　それもおひとりで！」

彼女の方も俺に気づいたのか俺よりも100倍は驚愕して両手を口もとに運んだ。

「あ、あなたは！　ハディン様ではありませんか！」

そういえば俺はハディンを名乗っていたのだった。

とにかく俺に気づいた彼女はいきなり俺の手を握ると、

「陛下とお父様をお助けください！　お願いいたします！　私にできることならなんでもいたしますから……！」

細身の彼女からは想像もできないような力がその手には込められていた。

「それより、なぜあなたはおひとりなのですか？」

「それは……お父様が私を逃がしてくれたのです。私だけでも生きなさいと。ですが、お父様を見捨て私ひとり助かるために逃げるなんてできません。どうにかしてお父様を救いたくて……けれど一緒にいた侍従長も道中で敵に見つかってしまいました」

お父様とはドフレ伯爵のことか。

唯一俺に好意的な人物だった彼が危険に晒《さら》されていうというのなら助けないと。

「ひとまず馬に乗りましょう。ところで、馬には乗れますか？」

「はい！　乗れます！　子どもの頃に習いました！」

貴族なら当然か。

彼女は反乱軍が乗っていた馬の鞍《くら》に自力で跨《またが》ると俺を見た。

早く行きたいという切実な感情が顔に表れていた。

王妃の存在。

俺が今握ったのはかなり有利なカードだった。

ルシャクの反乱をエイントリアンに最も有利に働くよう利用する方法においての話だ。

だから、俺はセレナと共に再び王都へと馬を馳《は》せた。

＊

「あちらです！　お父様はあららから私を送り出してくださいました……」

気が焦っているのかセレナはさらに馬を駆ける。

もちろん反乱軍との遭遇は避けられなかった。

「キャッ」

彼らは当然にも俺とセレナを攻撃してくる。そのたびに俺は彼女に近づくことすら許さず［攻撃］コマンドを連発した。

だが、限界があった。彼女を攻撃してくる騎兵の槍を俺は急いで圧し折った。

大連通を使えば誰も近づけなくすることはできるが、こうした戦場ではいつ何が起こるかわからない。

最後の手段である大通連をたかが雑兵たち相手に使うことはできない。

「これ以上並走してお守りするのは難しい。セレナ様、私の馬にお乗りください」

「わ、わかりました」

だから、彼女を俺の馬に乗せた。

彼女が後ろから俺の背中に密着してくる。

その状態で走ること数十分、目に映ったのはあまりにも悲惨な戦場だった。

ドフレは大量に転がる反乱軍の死体の前で倒れていた。

すでに戦闘は終わっていたのだ。

「お父様！」

セレナは馬から降りて父親のもとへ駆けつけた。

ドフレの胸を槍が貫通していた。

「お父様ぁぁあああ！」

セレナの絶叫。

すると、まだ残っていた反乱軍が反応して俺たちに飛びかかってきた。

俺はそんな反乱軍を相手した。

俺を攻撃してくる反乱軍を闇雲に斬り倒していると初めて反乱軍の指揮官らしき敵の

武将が現れた。

［レクター・ゲスマン］
［年齢：34］
［武力：84］
［知力：20］
［指揮：78］

武力を見て驚いた。おそらくルシャクよりも数値は上だろう。

王を捕えるために実力者が自ら前線へ出たということか。

「何だ貴様は！」

俺に疑問の眼差しを向ける男。

「そういうあなたはレクター・ゲスマンか」

カシャクには右腕とも呼べる存在がいた。

相当親密な関係であり、ゲームではナルヤ王国に滅ぼされるまでカシャクと共にルアランズ王国を率いた男。

「私を知っているのか？　君は誰だ？　ルアランズの貴族ではなさそうだが」

貴族の装《よそお》いをした俺を見てそう言うゲスマン。

俺はそれに答えなかった。

ルシャクにはひとりで暴走する反乱軍になってもらう必要がある。そんな彼を制御できる存在がいては困るのだ。

残念なのは武力が84であること。そして現在の俺の武力は82。

残しておいたポイントがあるから武力を上げることはできる。

でも、そこまでする必要があるか？

武力84を相手に大通連を使うのは、まさに、手刀を以《もっ》て鶏を割《さ》くがごときもの。

だが万一のことを考えてポイントは温存しておきたい。

俺は仕方なく大通連を召喚して［攻撃］コマンドを使った。

「な、なにっ……！」

カシャクが死んだ時のように、この男も訳が分からないという表情で死んでいった。

その勢いのまま周りの敵まで撃破するとここにいた反乱軍は全員片付いた。

それからドフレの元へ駆け寄る。まだ息があった。

「戻ってきてしまったのか、セレナ……」

口ではそういいながらも、ドフレの口元には笑みが浮かぶ。

「それに、使臣殿……あなたも無事で何よりだ……」

「はい」

俺を見るなりドフレは血を吐きながらも笑ってみせた。

「厚かましい、頼みではあるが……うちの娘を頼んでもいいか？　エイントリアンへ連れて行ってほしいんだ……。俺はこの子に生きてほしい……たとえ国を、捨ててでも」

「お父様……お父様っ！」

セレナがドフレの傷口を塞《ふさ》ごうと必死になって手で押さえる。しかしその指の隙間から血は溢《あふ》れ続《つづ》けた。

「セレナ……ゲボッ！」

セレナに視線を移した途端、血を吐くドフレ。

「お父様……！」

「セレナ、今まで悪かったな。残りの人生は幸せに……どうか君の……」

「お父様、もう何も言わないでください。嫌……っ、だめ……！」

自分の血を浴びてしまった娘の顔に手を伸ばそうとしたドフレだが、それ以上言葉を続けることもできずに腕を落としてしまった。

「お父様ぁぁあああ！！」

セレナはまたもや絶叫した。

だが、その目には涙がなかった。ただ半狂乱になって叫ぶだけ。

このままでは彼女の精神が持たない。

俺は彼女を半ば無理に引きはがし、ドフレの死体を抱き上げた。

「国を支え続けた英雄を敵の馬の蹄《ひづめ》で傷つけるわけにはいきません。埋めて差し上げましょう」

セレナは父親の腕をぎゅっと摑んだまま無言で俺についてくるのだった。

＊

ドフレの墓碑《ぼひ》をずっと抱きしめていたセレナだが、ようやく口を開いた。

俺に話しかけてくるということは幸いにもある程度回復した様子。

「ありがとうございます。ハディン様」

「いえ、当然のことをしたまで」

「ところで……」

彼女は妙な目つきで俺を見ながら言葉を濁《にご》した。

「何でしょう？」

俺が訊き返すと。

「本当の名前を名乗るつもりはないのですか？」

彼女はなぜか確信を込めた顔でそう訊いてきた。

「どうして私がハディンではないと思いで?」

「私、知ってるんです」

「何を知っておられると?」

「ハディン様は文官だと聞いています。それに……歳もあなたよりずっと上のはず」

「ほう……」

どうしてそれを?

フィハトリが合流するまではハディン・メルヤ男爵が家臣の中で唯一の貴族だった。だから俺の部下の中では多少名前は知られているが、この遠国でハディンの歳まで知っているとは。

「実は、私……エイントリアンにずっと憧れていたんです。王宮から出られない私はいつも父に外の世界の話をせがんで……。その中でもエルヒン・エイントリアン様の武勇伝は何度もお聞きしていました。そのたびに自分が広い世界を巡っている気分でした。だから、余計夢中になってしまって。無理を言って父にせがんで直接エイントリアンに人を送り色々な話を持ち帰らせていたので……よく知っています」

俺は少し驚いて彼女を見た。

エルヒンが大陸で有名になったのは事実だ。ブリジトを滅ぼしたことでその名高さは確実なものとなった。だから、俺を知っているということに驚きはないが家臣のことまで知り尽くしているなんて。

もちろん、人を送って知ることができるのは公開された情報に限られるだろう。

「そうでしたか」

「はい。エイントリアンの話をもっと詳しく聞きたくて、使臣の方に会わせてほしいと父にせがんだりもしました。それと父に頼んで……同盟を結べるよう貴族たちを説得してほしいとも……」

そういうことだったのか。

ドフレ伯爵がなぜ俺を助けようとしたのか、そこが少し疑問だったがそんな裏話があったのか。

「王宮に閉じ込められた私にとってエイントリアンの話はとても新鮮でした。だから……あなたは……」

「では、私が誰だと思いで？」

俺が尋ねるとセレナは少し困った顔をした。

「ユセン様やエルヒート様となるとイメージが違いますし……。なによりあなたの髪の色は……でも、そんなこと……？」

「まあ、灰色の髪はエイントリアン家の象徴ですからね」

もうこれ以上隠す必要はなかった。

だが、察しはついていても未だに信じられないのかセレナは瞬きをしながら俺を見た。

呆然とした顔でしばらく瞬きを繰り返す。

「王妃殿下？」

彼女の目の前に手をかざして名前を呼ぶと、ようやく震えた声で言った。

「エルヒン様……いえ、想像していたお姿に似てるとは思っていましたが……どうしてエイントリアンの領主であるあなたがここへ……？　信じられません！」

「使臣の仕事はとても重要な任務なので自ら出向きましたが、何か問題でも？」

「エルヒン様……ご、ご本人だったなんて……！　どうしましょう……！　私はどうしたら……！」

彼女は言葉を詰まらせながら動揺し始めた。

「殿下、少し落ち着いて話された方が……。とりあえず息を吸いましょう」

俺は酷く震えている彼女の腕を掴んだ。すると、セレナは力強くうなずいて言われるがままに息を吸い込んだ。

「ふぅ……でも、こんなのありえません……！」

「あなたの想像とは違いました？」

「そんはずありません！　想像通りです。父も喜ぶでしょう。父もエイントリアンの話をするときはいつも楽しそうで。私に初めてその話をしてくれたのも父ですから……」

父親との思い出を語ろうとした彼女はそこで口を閉ざしてしまった。彼女の目には再び墓碑が映り込み、もう父はいないという事実が脳裏をかすめたのだろう。

それからまたしばらく、彼女は墓碑の前に座り込んでいた。

＊

ルシャクによる蜂起《ほうき》から二週間が過ぎた。

王都はルシャクによって完全に占領されてしまった。

だが、ルシャクは王位に就かなかった。

裏で操りやすい幼い王族を新しい王に選んだのだ。

そして、自身は全ての実権を握ってから公爵の座に就いた。

この時点でルシャクの反乱軍は名目上正式な王国軍となった。

自ら王位に就かない理由は簡単だ。

まだカシャクの腹心たちが大勢残っているため諫言《かんげん》する者がいたのだろう。

王都を占領しただけで、ルアランズ全域の領地を屈服させたわけではない。

もちろん、王都の有力貴族、つまり逃亡を図った公爵たちは捕えてきて人質にした。

こうなれば公爵の指揮下にいる貴族たちはそのまま人質にならざるを得なくなる。

そこにルアランズ王朝の名前を存続させてルアランズ王家の人物を王位に就かせれば、いずれにせよルアランズ王国という体面は守られる。

この状況で下手に反発すれば自分が逆賊になってしまう。

王位に就かないことでこれだけ多くの実利を得られるなら、ルシャクとしても受け入れるしかなかったはずだ。

だが地方貴族は本気でルシャクに承服したわけではない。周囲に火種が残っている状態でルシャクが掌握した中央政府さえ消えれば、その権力を握るためにあちこちの領地で反乱が起こるはずだ。

今はルシャクが王都を掌握してなんとか一国の体面を保っている状態だが、彼がいなくなればすぐにルアランズは分裂することになるだろう。

そうなればむしろ周辺諸国がルアランズを放っておくはずがなかった。

身内で争っている隙に各個撃破して徐々にルアランズ領地の服属を狙えるこのチャンスを逃すはずがないから。

おそらく、周辺国全体が飛びつくだろう。

そうなれば互いにより多くの領地占領を巡って争いを起こし、結果エイントリアンに目を向けるものは少なくなる。

後方の安全が図られれば俺は安心してナルヤと南ルナンを相手できる。

前王の首級がいまだに吊り下げられた王都の城門が眺められる丘。

幸いにもセレナは二週間である程度立ち直っていた。

やはり彼女は強い精神の持ち主だ。

彼女はこの土地に精通しているためとても役立った。

「これからどうされるおつもりで？」

「ルシャクを倒します」

「ルシャク伯爵を……？」

「今となっては公爵ですがね」

「そんなことが本当に可能でしょうか？　ルシャクを倒せるなら……父の敵を討《う》てるなら、私はどんなことでもいたします！」

「殿下の復讐のためにやつを倒すわけではありません。エイントリアンのためです」

「それでも！」

「殿下、わかりました。顔をお上げください」

俺が彼女を起こそうとすると、セレナは考え込むような素振りを見せては何かを決心したように口を開いた。

「エルヒン様、殿下とお呼びになるのはおやめください。陛下はお亡くなりになり、私も今は逃亡者ですから、もう王妃でも何でもありません。私は、夫どころか父親すら救うことのできなかった弱い女に過ぎません……」

「そうですね……殿下が一つ決心してくださるなら、そうします」

「決心？　私は……何でもしますよ。あなたに従います」

微笑みながらそう言うセレナの頬にはえくぼができていた。

「エイントリアンの一員となってください」

「私、私が……？　ですが、私は何の才能もありません。どうして私なんかに……！」

人材という意味では基本魅力値が高いため内政に使う切り札としては十分だ。

魅力度は別途表示されない秘められた能力値だが、その魅力度が高いと徴兵《ちょうへい》や税の徴収をする際に民心が下がらない。それに開発や農業においても効果がある。

そんな人材がひとりでも多くいればエイントリアンに相当なプラス効果が生まれる。

「自分で言うことではありませんが……私は才能ではなく美貌と家名だけで王妃となりました。そして、父の望む政策を実行できるよう手助けをしただけで、私自身の力で何かを成し遂げたことはありません」

「そうでしょうか？　今のお話の中にあったそれもまた才能だと思いますが」

俺の言葉にセレナは呆然とした顔で言葉を続けることができなかった。

それから数秒後。

「そ、その……才能なんてものはよくわかりませんが……エイントリアンの一員かどうかに関係なくエルヒン様に従います。私の夢は世界を飛び回って自由に生きることでした。そして、今この瞬間すでに夢を叶えたのです。こうしてエルヒン様と広い世界に足を踏み出していますから。だから私は今とても気分が高揚しています。私は自由だって叫びたいほどに！」

「それなら……これから部下として扱います。いいですね？」

「はい、もちろんです！」

彼女は大きくうなずいた。少し大げさなくらいの身振りで。

「それほどの覚悟なら、早速の命令だ」

俺がそう言うと、セレナは姿勢を正し緊張した顔で俺を見上げた。束の間《つかま》の沈黙。

「泣いておけ」

沈黙の果てにそう命令すると彼女は驚いた顔で俺を見た。

「今ここにいるのは俺だけだ。父親の埋葬場所もよく見える上に王宮も見渡せる最高の場所じゃないか。ここで全てを出し切るといい」

「……そうですね」

彼女は父親の死を前に泣かなかった。込み上げる感情を必死に抑え込んでいた。

その悲しみという感情を堪《こら》え続《つづ》けたのだ。

最初は死を受け入れられていないようにも見えた。

その後、墓碑に抱きついて死を認めてからもタイミングを逃してか、ひたすら耐える姿を何度も見せた。

だが、いつまでもそうしてばかりはいられない。

俺の言葉にうなずいた彼女は大きく辺りを見渡す。

それから声を張り上げて叫んだ。この世で一番愛した父親の名前を何度も呼び続けた果てに結局泣き出してしまった。

一滴の涙が感情の土手を崩し彼女を号泣させた。

だが、俺はそれを止めるつもりはなかった。

今は好きなだけ泣いた方がいい。

第3章 民と共にあれ

かなり煩《わずら》わしいが。

兵力を使わずにルアランズを倒すには、とにかく時間を使うしかなかった。

結局、民の不満を爆発させるのが傀儡政権《かいらいせいけん》を崩壊させる最も手近な方法。

そこに大義名分があればなおさらだ。

幸いにも俺にはそれがあった。

亡きルアランズ王の遺志《いし》を継ぐという口実を主張できる王妃という存在。

俺の狙い通りルシャクは暴走していた。やはり彼の人間性は暴悪なものだった。

二週間しか経たないうちに王都周辺の民を弾圧し始めたのだ。

王都付近の数十の村が次々と消滅していった。

傀儡政権であるほど大義に弱く、それに反応するのは民心だ。民心に背く国が正常に機能するはずがない。

ゲームでは民心の数値が［１０］を下回れば暴徒化して反乱が起こる。

だから民心を［10］以下に落とせば、ゲームの延長上にあるともいえるこの世界でも必ず反乱が起きるはず。

散発的に起こる反乱を操作できれば、ルシャクを追い出して無政府状態にすることも十分に可能だった。

そして、その怒りからなる民心を利用してルアランズの国民を集め、彼らをエイントリアンへ連れて帰れば一石二鳥となる。

エイントリアンの人口を増やせるチャンスでもあったのだ。

現在のエイントリアンの人口は105万だ。

ライヘインはかなり広いためまだ余裕があった。

人口が多いほど金はかかるが、より多くの兵力を育成できる。

兵力はこれからのエイントリアンにとって必須《ひっす》の力だ。

ナルヤには怪物が溢《あふ》れかえっている。もはやポイントに頼ることもできないため対等に戦える兵力が必要だった。

俺はルアランズの国民をブリジトに移住させるつもりだ。どのみちここは戦場となる。

傀儡政権を倒すという大義を共にし、これから戦場となる地域の暗澹《あんたん》とした現実を説明した後で安定的な生活を保障すると説得するのが俺の計画だ。

かなり利己的だが仕方がない。

民心と人口。

全てはこのゲームを攻略するための一環であり、俺の命を守るための手段だから。

正直なところ、自分の命が一番大事だ。

俺はこの世界の人間ではないし、何らかの正義や大義があるわけでもない。

ただこのゲームを攻略してみせるといった意志があるだけ。

いずれにせよ反乱が起きるよう民心を操作するのは簡単だ。

本来、ルアランズ王都の民心は７０とそれなりに安定していた。

凡庸な王のおかげで貴族たちは権力争いをする以外に大した政策も行っていないため、図らずも７０という数値を維持していたのだ。

しかし、ルシャクが政権を握ってから二週間で民心は３０まで下がってしまった。

そこからあと２０下げるだけでいい。

今はまだ数値上で反乱が起こるほどの動揺はなかった。あちこちで不満の声が上がる程度。

それを煽《あお》って反乱を操作し強力な力を与えるためにすべきこと。

国民を糾合《きゅうごう》し傀儡政権を倒した後、俺の民になるよう説得するには内部に潜入する必要があった。

軍隊がない今、民意を利用してこの傀儡政権を倒すわけだから。

さらに俺が先頭に立つことでその反乱を失敗ではなく成功に導く自信があった。

ひとりでルシャクを始末できないわけではない。少なくとも30分間は俺を邪魔する者はいないから。

だが、それでは民心が伴《ともな》わない。

この国の民が俺に従う理由がなくなる。

他国の民を俺に従わせるにはそれだけの理由が必要だ。

人口こそが力となる。

人口の多さが民心へと繋がるのだ。

だから俺はこの付近で一番大きな村に潜入するつもりだった。

＊

「村に潜入するですって？」

「そうだ。そのために……戦乱のさなか全てを失った夫婦を装《よそお》ってもらおうと思う」

「夫婦⁉」

セレナはかなり驚いた顔で俺を見た。

「嫌か？」

「いや、嫌というか……私は既婚の身ですから……」

「本当に結婚するわけじゃないぞ。夫婦のふりをするだけだ」

「それはそうですが……わかりました」

「では早速……いや、ちょっと待った」

遠くで狼煙《のろし》が上がる。

それに応じて俺も二本の煙を上げた。

「何されてるんですか？」

「合図さ。エイントリアンから人を呼んであるんだ」

「なるほど！　エイントリアンの他の方にもお会いできるなんて、緊張します！」

自称エイントリアンファンというだけあって緊張で顔が強ばっていた。

「そんなに緊張する必要はない」

「誰なんです？」

俺は肩を聳《そび》やかした。こうした村への侵入に最適の人材がいる。

俺はこの世界の村に不慣れだ。エイントリアンの家臣の中でも慣れているのはやはりジントだった。

ただ、ジントをひとり呼んでもどうにもならない。

だからミリネを一緒に呼んだ。

彼女ならこの任務に適任だった。

煙で俺のいる場所を知らせたから間もなくやってくるだろう。

緊張した様子で道の向こう側を眺めるセレナ。しばらくして馬の蹄《ひづめ》の音が聞こえると待ちわびていたふたりが登場した。

「領主様！　ほらジント、早く馬から降りて！」

俺を見るなりミリネはジントに挨拶をさせた。

ジントは礼節を弁《わきま》えようという男ではないが、ミリネが一緒にいる時は小言を嫌がる顔はしつつも俺に頭を下げる。

「よく来た、ご苦労」

この後ルシャクを始末する上でもジントは必要だった。だから、このふたりを呼んだのだ。

ミリネは、俺の後ろで借りてきた猫のように緊張した様子で立っているセレナを見つけては首を傾《かし》げた。

「領主様、その方はどなたさまですか？」

「新しい家臣だ。セレナ・ドフレという」

「ああっ、貴族の方でしたか」

フルネームを聞くとむしろミリネの方が緊張した様子で口籠った。

「貴族出身ではあっても今となっては何の取り柄《とえ》もない逃亡者です。それにしてもジント様とミリネ様にお会いできるなんて……！　お噂はたくさん伺っています。本当に素敵です！」

ミリネのことまで知っているのか。

「ミリネ、毎回言うが君もジントも貴族同然だ。建国を宣布すれば爵位《しゃくい》も与えられるだろうから、今のうちからそのつもりでいなさい」

「その、それが……なかなかうまくいかないんです」

ミリネが照れたような表情で頭を掻いた。

「できないことはないはずだ。貴族など何でもない」

すると、隣でジントが愚痴《ぐち》をこぼす。当然ミリネはそんなジントの足を踏みつけた。

「とにかく話した通りだ。しばらく村に潜入するから協力してほしい」

「エリウ村ですよね？」

セレナが知っているかのように尋ねた。

「その村について知ってるのか？」

「はい。かなり有名な村長がいると聞きました。父とも何度か会ったことがあります。幸いにも私は会ったことがないので気づかれることはないでしょう」

まあ、気づかれることはないとしても問題はその際立《きわだ》つ美貌《びぼう》だ。

だが、それについては少し考えがあった。

暴徒の群れに潜り込むわけでもなく基本的に善良な村に入るのだが、それでも一応戦乱のさなかに逃げてきたという感じを出す必要はある。

「セレナ、ひとまず君は炭で顔を汚すんだ。みんな同じく、ここまで来るのに苦労したという感じを見せる必要があるからな」

「わかりました！」

ミリネが大きくうなずきふたりは互いに扮装《ふんそう》を助け合い、俺はセレナの顔に炭をつけた。

「きゃっ……ちょっと、くすぐったいです！」

艶《なま》めかしい声でそんなふうに言うなよ。

ユラシアのおかげである程度美人には耐性がついたが、それでもやはりそれぞれの魅力がある。

「まあ、このくらいでいいだろう」

「では、あとは夫婦のふりをすればいいんですね？」

「そうだ」

「あの……演技は得意です。特に色仕掛けは」

そう言ってセレナはまたもやにこにこ笑顔を見せた。

「……色仕掛けの方は嘘だな」

セレナは不意打ちを食らった顔で俺を見た。

「……どうしてわかったのですか？」

「なんとなく」

「何だか悔《くや》しいです」

別に悔しがることでもないと思うのだが。

「領主様！　準備完了です！」

とにかく俺たちは準備を終えてエリウ村へ入った。村の入口からは畑の方で働く人々の姿が見られた。

彼らの視線が突然現れたよそ者の俺たちに向く。

いくつも村がなくなりいろんな噂が流れているせいで、よそ者への視線は優しいものではなかった。

そして、すぐさま村の男たちがこっちへ向かってきた。彼らは警戒心を露にしたままで俺に尋ねてきた。

「この村には何の用だ」

「避難してきた者だが受け入れてもらえる村を探している……うちの村は戦乱に飲み込まれすっかり焼け野原となってしまった」

「住処《すみか》を失ったのか？」

「そうだ」

「ふむ。悪いがすでに大勢の避難民を受け入れた後でこれ以上は無理だ。他をあたってくれ」

セレナの眉が動いた。彼らを扇動するためにも王都付近の村への潜入は必須だと聞いていたはずだから心配になったのだろう。

村の男は追い払うように手を振った。出て行けという意味だ。

二週間前に王都付近のほとんどの村が廃墟《はいきょ》と化し、生活の拠点を失った大勢の人々が他の村に移住していた。

だから、生き残った村も生活が困難なのは同じで、農地にも限りがあるためこうした反応も当然だった。

王都付近ではどの村へ行っても似たような状況のはず。

俺は切実な顔でもう一度その男のもとに近づいた。

「世話になるための金は払う。このくらいでどうだ。全財産にはなるが……」

すると、俺たちを相手していた男の目が丸くなる。

だが、まさにその瞬間、彼らの後方から激しい叱責《しっせき》の声が飛んだ。

「お前ら‼」

その声に一番前で話をしていた男はもちろん、後ろでじっと立っていた者たちもびっくりして肩を竦《すく》めた。

「っ、村長！」

男たちが道を開けると、村の奥から白髪《しらが》の男が微笑みながら歩いてきては俺を上から下まで見た。

白髪ではあるが老人とまではいかず50代くらいでカリスマ性のある顔をした男だった。

ヴィントラと名乗った村長は登場するや否や持っていた杖で村の男たちの頭をとんとんと叩いた。

歩くのに不自由はなさそうだし、むしろあの杖は棍棒《こんぼう》として持ち歩いているようにも見える。

おそらく、セレナが言っていた有名な村長っていうのはこの人のことだろう。

「みんな同じ人間だ。生活に困っているのはどこも同じではないか。追い出すとはどういうことだ」

ヴィントラは男たちを叱《しか》ると再び俺たちを見た。

「よく来た。少し前までは多くの難民が移住して来ていたが、どこから来たんだ？」

「最近、王都の兵士たちが村を一つ消してしまいました。その村の出身です……。取引をしに他の都市へ行って戻ってきた時に村はもう……」

「村がなくなっていたと？」

「それが……どうやら反乱軍と関係が……」

俺が反乱軍の話を持ち出そうとすると村長は慌てて俺の口を塞《ふさ》いだ。

「死にたくなければ、その話は口にしないほうがいい」

「あっ、すみません！」

村の人々を虐殺してそれをもみ消すやつらだろうが、隠しても噂は立っているのかヴィントラは俺に口止めをしながら大声を出した。

「まあ、とにかくこの村は幸いにも王都とは山を挟んでいるから焼畑もできる……なんとか食べていけるだろう。この村の人間はそれほど薄情ではない。あいつらは初めて見る人を警戒しているだけだ。むしろ焼畑をするには人手が多いほど良いからな。心配するな」

ヴィントラはそう言うと村の男たちを見た。村長の言葉は絶対的なのか彼らは何の反論もできずに頭を掻いた。

「その金はしまいなさい。後で必要な時に使うといい」

ヴィントラは杖をつき、村の男たちに向かって指示を出した。

「案内を頼むぞ。開墾《かいこん》作業をさせて、終わったら畑を渡し、暮らしの手立てを講じてやるんだ」

「は、はい……」

彼らが返事をすると村長は微笑みながら村の奥へと消えて行った。

その後姿を最後まで見守ってから、さっき最初に話しかけてきた男が俺のもとへ近づいて来た。

そして、密かに囁《ささや》く。

「なあ、記念に少しだけ金貨をわけてくれないか？」

「記念？」

「いや、今のは気にするな。ハハッ。俺はメロルだ。ついて来い」

「うん」

俺とセレナは彼の後に続いた。

ジントは村の男を視線で殺す勢いで睨《にら》みつけていたが、それをミリネに阻止《そし》された。

やはりミリネを一緒に呼んだのは正解だった。

村の中へ進んで行くと倉庫のような木造の建物の前で男が足を止めた。

「他から来た人には一時的にここを使ってもらってる。時間が空き次第、家を建ててやるからな。とりあえず、男はあそこ、女はあの建物で過ごせばいい」

その指さした先へ行ってみると材木置き場があった。屋根と壁があるだけ野宿よりはまし、という程度。

とはいえ村長のおかげか本当にいろいろ面倒を見てくれるようだった。

まあ、村人も悪い人たちではなさそうだし。

完全に門前払いをする村も多いはずだ。ここを選んで正解だっただろう。

「今は誰もいない。みんな作業に出たからな。ついて来い。先にあいさつをしておこう。

それと、そっちのふたりは畑へ行ってみろ」

男ふたりはメロルについて、ミリネとセレナは畑へ、という指示だった。

「セレナさん、私たちはあちらのようです」

貴族だからと気兼ねしていたが、うまく演技をしろという俺の言葉にミリネはセレナにとって頼もしい存在になろうと努力しているところだった。

俺たちはおとなしくメロルの後について行った。

着いた場所は村の裏手にある岩山だった。

10人余りの男たちが巨大な石、小さな石、中くらいの石を掘り出して開墾作業に取り組んでいる現場だったのだ。

＊

「他所から来た者はこうして自分の畑を作るために互いに助け合って開墾しているんだ。おい、ゴードゥン！」

「おう！」

ゴードゥンと呼ばれた男は運んでいた石を降ろしてメロルのもとへやって来た。

彼らは俺たちの存在に気づいたのか首を傾げる。

「久しぶりに合流した仲間だ。ヴィントラ村長が受け入れなさった。一緒に働くように」

「了解」

すんなりうなずくゴードゥン。断るつもりはないようだった。

よそ者扱いしてくるのではないかと心配にもなったが、そんなこともなさそうに見えた。

「みんなヴィントラ村長が受け入れたのか？」

俺が尋ねると、ヴィントラ村長という言葉に尊敬の念をあらわにした男たちが激しくうなずく。

そして、その理由を説明し始めた。

「俺はここへ逃げてくる途中で大けがを負ったんだがヴィントラが治療してくれた。村の人たちもみんないい人ばかりだ。こんな村に来れたのも幸運だよ。他のやつらも似たようなものだからな、みんな恩返しがしたいのさ」

ゴードゥンの隣の男がそう言ってうなずき明るく笑って見せた。彼らも基本的にはいい人そうだ。

「ありがとう。俺はエルでこっちはジント」

俺はエルヒンを略したエルという偽名《ぎめい》を使ってジントを紹介した。

ジントは無愛想にうなずく。

その瞬間から俺たちは村の仕事を手伝い始めた。

久しぶりに汗を流して働くのは結構きつかった。

最近少し鍛えられてきたと思っていたが、やはりここまで激しい肉体労働に適応できる体力はなかった。

だが、それでも歯を食いしばってやるしかなかった。ひとまず村に溶け込む必要があるから。

「兄ちゃんもっと力を出せ。俺よりいい体格してるくせにどうした！」

ゴードゥンは俺を煽る。一方、ジントのことはもの凄く褒めた。

「弟の方は半端ないぞ。ハハッ、仕事ができるな」

大きな石を二つずつ運ぶジントを見た男たちは大きな口を開けて驚く。

俺も開いた口が塞《ふさ》がらなかった。

動きが速いだけでなく力もあるのがこいつの長所でもある。

少し手加減するように言った方がよかったか？　俺が相対的にできないやつに見えるじゃないか。

だが、それはもう手遅れだった。

宿舎にてゴードゥンは俺を完全に新入り扱いしながら一番端の寝床を割り当てた。

そして、ジントには仕事ぶりが評価されて俺よりもいい寝床が与えられた。

戸惑《とまど》いを隠せないジント。俺は軽く手を振って「問題ない」と伝えた。

それからしばらくの間、俺は仕事ができないモヤシといじられる身となってしまった。

もちろん悔しさはあったが、今力を見せびらかすようなことをしても仕方がない。

冷たい風の入り込む隅《すみ》の寝床に満足するしかなかった。

村に合流してから数日はそのように過ぎ去った。

「おじさん！　これで合ってますか？」

変わったことがあるとすれば、朝の時間に子どもたちの教育を任されたということ。

だがこちらでも、俺は自動翻訳される文字を読むだけだから、文字を教えるのはセレナの役目だった。

セレナが読み書きができるという事実を知った村長が朝の時間に村の子どもたちに教えて欲しいと頼み込んできたからだ。

親しくなって悪いことはないためすぐに承諾した。

それにセレナはむしろ嬉しそうだった。

しかも、彼女はなぜか薬草についても精通していた。医学を学んでいたらしい。

ヴィントラも心得があるようで、よくふたりで医学の話をしていた。

俺はセレナが文字を教える横で補助として働くことになった。こっそり肉体労働から抜け出すことに成功したのだ。

「そうだな。全部合ってる」

男の子の頭をぽんぽんしながら頑張って優しそうに見える笑みを浮かべて見せた。

それから授業が終わると子どもたちは次々に大きなかごを手にした。

「みんな、どこに行くんだ？」

「畑仕事ができる歳になるまでは山の近くに山菜や薬草を採りに行きます！」

隣で鼻水を垂らしていた女の子が答えた。すると、さっきの男の子が「えっへん」と言いながら口を開く。

「僕たちも遊んでばかりいるわけではないのです！」

人々の性格は明るいが村の置かれた状況はそうでないということだろう。

村人たちはそれこそ本当に一日中働いていた。

ノルマについてはメロルが初日に言及していたが、おそらくそれと関係がありそうだった。

ルシャクが村ごとに農作物の取れ高にノルマを課しているのかもしれない。

今後ルシャクはさらに無理な要求をしてくるだろう。

それが俺の狙いだった。

無理な要求であるほど民心は下がり、そうなれば反乱の機運が高まる。

彼らと苦労を共にすればそれだけ共感は得られるだろう。

だから彼らと同じく働き、同じものを食べ、共に苦労する時間は大切だった。

教師の仕事を終えて村の中央へ行くと村長と村人たちがひたすら農作物を分けていた。

「かなりの収穫量ですね」

俺が純粋な感想を言うと村長がため息をつく。

「そうでもない。これでもノルマには及ばん」

「これでですか……⁉　一体エは何を考えているんだ！」

「従わなければ村を潰すといわれている。それでも今年は収穫量は多い方だから、どうにかノルマは達成できそうだ。ところでお主、口には気をつけろと言っただろう！」

村長がうなずくと村人たちもつられてうなずく。だが、うなずくだけで顔には依然として心配が募《つの》っていた。

今はまだ俺の出る幕ではないため冴えない表情でうなずき、開墾作業を手伝いに岩山へと向かった。

荒地の近くまで来たその時。

山が鳴動《めいどう》する音が聞こえた。

鈍《にぶ》い音だ。

駆けつけてみると惨事《さんじ》が起きていた。山の上部から石が転げ落ちてきたのだ。落石だ。

それに気づいて慌てた人々は無事に遠くに逃げた。

だが、作業中だったひとりの男が落石に気づくのが遅れたせいで下半身が巨大な岩の下敷きになってしまった。

「マンデル！」

ゴードゥンが叫びながら駆け寄ると下敷きになった男は悲痛な表情を浮かべた。

「クッ……」

ゴードゥンはひとりの力で男を救い出そうとしたが無駄だった。

だから、俺とジントを含む男たち全員で力を合わせたが岩は全く動こうとしない。

一体なぜこんなにも大きな岩が転げ落ちてきたんだ？

ジントにすらどうにもならない大きさだ。

この状況に気づいた村人たちがあちこちから集まってきて一緒に力を合わせてみたが相変わらずびくともしない。

村人たちは首を横に振った。村長も悲痛な表情で首を横に振る。

「これは大変だ。足を切断すればいいという話でもない……」

「助けてください！　ここまで苦労して逃げてきた俺の友人なんです。ようやくこの村に馴染《なじ》んできたのに、何だよこれ……」

「そうだな……。だが……」

メロルを含む村人たちは悔しさに顔を歪ませる。

「私に考えがあります」

俺の言葉に数十人の視線が集まる。すると、地面に伏せて咽《むせ》び泣《な》いていたゴードゥンが俺の腕を摑んだ。

「方法があるのか？　頼むから助けてやってくれ、頼む！」

方法があるという言葉に村長も驚いた顔で俺に訊いた。

「どんな方法があるというのだ」

「岩にロープを巻いて、滑車を用いて持ち上げるのです」

俺は滑車の原理とそれを用いた装置について説明をした。

「よくわからないが、そうすればいいんだな？」

「はい。少しだけ力添えください。みなさん、よろしくお願いします！」

俺がそう言うと、村人たちはやってみようと言いながらざわめき始めた。おかげで人数には問題なかった。

やがて空は暗くなり夜更けまで作業は続いた。そして、月夜の下で始まったこの共同作業の結果。

それは岩を動かした。

「おおおお！」

あちこちで歓呼の声が上がる。

俺もあまり確信がなかったためそれなりに満足な結果となった。

ゴードゥンの友人を救った日。

村の青年たちの俺への態度が変わった。

下敷きになっていたマンデルの足を村長は誠意を込めて治療した。

おそらくもう歩くことはできないだろうが、命に別状はないというのが村長の説明。

ここまでは意図していなかったが、何だか少しずつ馴染めてきているような気がした。

そうしてまた一日が過ぎていく。

またしても俺の出番がやってきた。

薬草を採りに近くの山に登っていた子どものうちひとりが泣きながら村へ駆け戻ってきた。

獣が現れたというのだ。

その話を聞いた俺はすぐに駆けつけて獣から逃げて木の上に登っている子どもたちを救った。

それからというもの、俺は肉体労働から完全に外れ、ヴィントラの仕事を手伝うようになった。

ヴィントラの仕事といえばほとんどが治療。だから俺は簡単に処方箋《しょほうせん》を書いた。

これによって村人たちに俺の存在をもっとはっきり印象付けることができた。

何だか時間が経つにつれて副村長のような感じになっていたというか。

「ご苦労さま。子どもも生まれたことだし、もっと頑張らないとな！」

ヴィントラはこうして、つらい仕事をしている村人を励ますことを忘れない人だった。

信頼が厚いのも理解できる。

「お主、獣を退治する実力といい、文字を読めることもそうだが、どうにも夫婦にはみえない……正直に話してみなさい。この際隠し事は無しにしよう」

ふたりで村を見て回っていたところ突然村長が投げかけた質問にちょっと驚いた。

まあ、確かに目立ちすぎたからそう思うのも仕方がないか。

「わかりました……こちらへ来ていただけますか」

それならまずはヴィントラに納得してもらえる話をするしかなかった。

新たにわかったことだが、このヴィントラはその気性から近隣の村でもかなり評判が高いようだった。

セレナが有名だと言ったのはおそらくこうした人柄のためだろう。

俺は宿舎に帰ってセレナを呼んだ。そして、いくつか説明を並べた。

まだ真実を明かすことはできないためいくつか嘘が混ざっていた。

いや、ほとんど嘘だが。

「要するに……貴族の令嬢が……平民の君と逃げてきたと？」

「はい。あと、一緒に来たふたりは彼女の護衛と従者です」

俺がそう説明すると、ヴィントラはセレナの顔を見て納得したようにうなずいた。

「何かあるとは思っていたが……やはり貴族だったか。もちろんこの話は私の心のうちにしまっておこう。働く姿からどれほどの決心かはわかる。ゴードゥンなんかも実は山賊をしていたんだ。知っていたか？」

「え？」

その事実は少し意外だった。

ゴードゥンの無骨《ぶこつ》な性格とあの巨体から脱走兵かと思っていたが、まさか山賊とは。

まあどうでもいい話だ。ヴィントラの言うように彼の働きぶりを見ると完全に心を入れ替えたようだから。

「山賊を村で受け入れるなんて。すごい決断でしたね」

「国が滅びかけているのだ、暮らしが困難なのはどこも同じ。どうにもならず山賊となった者もいるだろう。この歳にもなると最初から悪しき心に駆られた者とそうでない者くらいは見分けがつくようになる」

白髪のヴィントラはそう微笑んだ。

おそらくゴードゥンがヴィントラに大きな恩を受けたというのはこのことだろう。

知れば知るほどいい人だった。

「ご苦労だった。昼食を食べたらまた仕事に戻らないとな」

ヴィントラは手を振りながら家に帰って行き俺も宿舎に戻った。

そうしてまた一日が過ぎた。ここに来てからひと月以上は経っているのに、俺が望む機会はまだ訪れていない。だが、これまで耐えてきた日々は無駄ではなかった。

ヴィントラの話だと二日後に税の徴収に兵士たちが来るとのことだったから。

＊

「セレナさん、ここの仕事はどう？　慣れないよね？　畑仕事はしたこともないだろうし……」

「そうなの。お恥ずかしい限りだわ……。でも、だいぶ慣れてきたから大丈夫よ」

　セレナはいつも気遣ってくれるミリネにとても感謝していた。あれほどにも憧れていたエイントリアンの一員からこんなもてなしを受けるなんて。

「ミリネ、あなたって本当にすごいわ。詳しいことはわからないけどたくさん苦労したそうね。それにジントさんがあなたを助け出して、エルヒンさんがエイントリアンでふたりを会わせてくれたとか？　ふたりの愛は本当に素晴らしいわ。もちろん、辛い時期はいっぱいあったと思うけど……だからこそ私はあなたを尊敬しているの」

「すべて領主様のおかげよ。へへッ」

　ミリネは照れくさそうに身を捩《よじ》った。最初はため口がぎこちなかったふたりだが、互いに辛い時期を乗り越えてきたという共通点があってか、今となっては意気投合し実の姉妹のように話すようになった。

「セレナさんも随分《ずいぶん》苦労したってエルヒン様が……」

「私はそんな……」

「さて、この話はもうおしまい！　暗い話題で時間を使っていたらもったいないわ！」

　心に重荷を負っているのはミリネも同じだった。だが、彼女はいつも明るく生きようと努力した。

「そうね。それよりミリネ、あなたの裁縫《さいほう》は本当に素晴らしいわ。どうしてそんなに速くて綺麗なの？　村の女性たちがみんな感嘆《かんたん》して目を丸くするのを見た？」

「私……。一時は裁縫だけで生計を立ててたから。戦争に出たジントが帰ってきたら美味しいものを食べさせたくて……」

「そうだったのね」

「うん……！」

自分も親を失ったが豊かな生活をしてきたセレナは、ミリネの話を聞けば聞くほどに自身の辛さなど何でもないと思うようになった。

そして、ますますエイントリアンの話が気になり出したのだった。

「それより、もう一つ訊いてもいいかな？」

「もちろん！　気軽に何でも訊いて」

「気軽に……か」

セレナはずっと訊きたいことがあった。だが少し躊躇《ためら》った。

エルヒンには絶対に自分から訊けないことだからなおさら。

だが、すぐに決心した。

「あの、ロゼルン王国のユラシアさんって……どんな方？」

「え、王女様のこと？　あの方は……」

ユラシアのことを口にしたミリネが何か言いかけて急に止めた。それからセレナをじっと見つめる。

「セレナさん、セレナさんのことも応援するけど……ユラシア様のことも応援してるから……どっちの肩を持つとかはできないの！　はぁ……ごめんね！」

ミリネは何か感づいたようにそっと後ろに下がった。すると、セレナは慌てて言った。

「いや、そうじゃないの！　そうじゃなくて……ただ知りたいだけ」

「恋のライバルについて知りたいんでしょ？　フフッ」

「とんでもない。そんな、私なんかが……」

セレナは大きく首を横に振った。

「どうして？　セレナさんも気品があって十分綺麗だと思うけどな。もちろん……ユラシア様も決して美貌で負ける方ではないけど。でも、王女様は少し変わってる」

「変わってる？」

「うん。ほとんど領主様としか会話をしないの。しても返事は短いし……普段から何を考えてるのかはよくわからない。でも、戦いとなるとすごく素敵！」

「そっか……」

やはり聞いていた通りだとセレナは思った。

「そうね、ユラシアさんのことはエイントリアンでの楽しみに取っておきましょう」

「セレナさん、心配しないで。エイントリアンに来たら、いろいろ私が案内してあげるね。でも、王女様に喧嘩を売る時は気をつけてよ？」

ミリネは楽しそうな顔でセレナの背中を軽くたたいた。

*

「セレナ」

「はい」

いつものように仕事をして夜を迎えた。

そして、大事なことを思い出してセレナを呼んだ。

「第一艦隊《だいいちかんたい》はチェセディン侯爵《こうしゃく》とその家臣たちが中心の部隊だったんだよな？」

「ええ、その通りです。あの方々がいたからこそ、第一艦隊は最強と呼ばれていました」

「チェセディン家の者はみんな王都にいたはずだから、家臣も含め全員がルシャクに粛清されてしまったことだろう」

「本当に……惜しい方を亡くしました」

「チェセディン侯爵家以外で艦隊をうまく率《ひき》いれる者は他にあるか？」

そう。これが一番気になるところだった。ルアランズの詳しい状況がわからない。

ゲームではカシャクとレクターくらいしか名のある武将はいなかった。

「それは……いくつかあります。大概の領地は海や運河に接していますし、伝統的に貴族や軍人は海軍での訓練を行っています。私の領地の人たちも海軍にてチェセディン様の下で長く服務した人たちがたくさんいるんです」

「そうなのか？」

確かにドフレの領地も海や運河に挟まれているなら当然のことだろう。

＊

ついに作戦決行の日。

兵が税の徴収に来る日が訪れた。

その日、村は朝から大忙しだった。

ルシャクはおそらく初めて手にした巨大な権力を使いたくてたまらないだろう。やつにとっては遊びに近い。

やつの虐殺や政策などを見ればそれがよくわかる。

おかげで評判は最悪だった。

それを立証するかのように村に訪れてきた男はかなり派手な馬車に乗って登場した。

「ふむ、ここが最後の村と言ったか？」

男は『傲慢《ごうまん》』という言葉そのままの態度を見せながら馬車から降りた。

男が降りるなり部下のひとりが自分が持っていた椅子を地面に下ろした。

男は満足げな顔でその椅子に座って足を組む。

［マンシャク・レチン］
［年齢：23歳］
［武力：23］
［知力：10］
［指揮：40］

能力値は酷《ひど》い。指揮が40なのは暴政による悪名の効果で人が従うからだろう。

名前から推測するにルシャクの親族であることは間違いなかった。

「俺はルシャク公爵《こうしゃく》殿下の息子マンシャクだ！」

案の定、その傲慢な男は自ら正体を明かした。

男が正体を明かすと隣の副官が大声で命令する。

「何をしている、早く跪《ひざまず》かないか！」

権力遊びに陥った公爵2世か。

しかし、正統性などない公爵というのが問題だ。

とりあえず俺は跪いた。

村人たちも呆れたような表情を浮かべつつもちらほらと膝をつき始める。

すると、隣でゴードゥンが歯噛みしながら囁いた。

「悪党め」

「ああ、まさにな」

俺はゴードゥンにそっと相槌《あいづち》を打った。それと同時にマンシャクがヴィントラに尋ねる。

「ノルマは達成したか？」

「もちろんでございます。村人全員で力を合わせてなんとか準備いたしました。あちらへ……」

ヴィントラが説明を始めたがマンシャクは面倒くさそうにそれを止めた。

「もういい、それは持っていくとして……おお！　そうだそうだ、隣国から来る使臣を接待することになったのだよ！　元のノルマでは残念だが足りないのだよなぁ」

「そ、それでは骨身を惜しまず働いても私どもは食べるものが……クッ……！」

ヴィントラが言い終えないうちにマンシャクはヴィントラを蹴飛ばしては息巻く。

「四方が畑だというのに食べる物がないだと？　ふざけたこと言ってないでさっさと隠し持っている分も出せ！」

兵士たちが村の倉庫に向かって歩き出した。

止めようとしがみつくメロルを蹴飛ばした兵士は、扉を開けて村人たちのわずか一日一食分の農作物を根こそぎかき集めだした。

ざわめきながら拳をぶるぶる震わせる村人たち。だが逆らうことはできなかった。

その中でひとり、ゴードゥンはどうしてもこの状況が我慢ならなかったのか急に立ち上がった。

止める間もなくマンシャクのもとへ駆け出したゴードゥンはぎょろりと目を剝いて叫んだ。

「やっと心を入れかえて育て上げた農作物は税として徴収され、わずかばかり残された食糧まで持っていかるなんて。我われに一体どうやって生きろというのですか！」

「なんだと？」

マンシャクが手で合図をすると副官がゴードゥンを殴り飛ばした。そして、ゴードゥンに一方的に暴行をくわえた。

それも瀕死状態になるまで。

殴られてぐったりとするゴードゥンを見るとマンシャクは満足げに口角を上げて話題を変えた。

「この村はなんというざまだ。これで終わりではないぞ。もう一つある。村の女を全員集めろ。子どもから人妻までみんな！」

「なぜ、女性たちを……？」

ヴィントラが苦い表情で尋ねたが理由など知れている。だからこそ、さらに表情が歪んだ。

だがマンシャクは答えない。ただ大声を出すだけ。

「さっさとしろ！　この村も焼けてなくなりたいのか？」

マンシャクが手振りをすると２５人の兵士が一斉に剣を抜く。

それに驚いたのか仕方なく村の女たちがひとりふたりと前に出始めた。

そんな姿がもどかしかったのか、兵士たちは剣を持ったまま村を歩き回り、隠れていた子どもたちまで全員引っ張り出してきた。

これについては十分に予想していたため、セレナとミリネはあらかじめ村から出しておいた。

あのふたりが捕まったら少し厄介《やっかい》なことになる。

まずミリネに手を出した瞬間ジントは暴れ回るだろうし。

もちろん、このまま他の村人を見捨てるような真似をするつもりはない。

重要なのは段取りだ。

「ふむ、前回の村より随分粒ぞろいじゃないか。お前とお前、それからあの子どもは王城に連れて行く。フフッ」

陰険な笑みで指をさすマンシャク。予想はしていたものの、あまりに典型的な姿に俺は笑いをこらえなければいけなかった。

マンシャクは女を選び終えると用は済んだというように席を立つ。

すると、ヴィントラが火の付いたように立ち上がった。

「マンシャク様、農作物でしたらいくらでもお渡しいたします。ですが、女たちはどうか、どうか見逃してはいただけないでしょうか！」

ヴィントラが身を乗り出すと村人たちも憤然《ふんぜん》としてマンシャクを睨みつけ立ち上がった。

「ったく、この村はだめだな。一段と反抗的だ。そうか、貴様のせいか」

その態度に腹が立ったのかマンシャクは自ら剣を握るとそのままヴィントラに向かって振り回した。

剣がヴィントラの胸を下から斬り上げる。そして、地面に血しぶきを撒《ま》き散《ち》らした。

その一撃にヴィントラは倒れ込む。

「村長!!」

村人全員が驚愕の表情で叫んだが、マンシャクはむしろ身悶《みもだ》えるヴィントラの身体を踏みつけながら言った。

「生意気なやつらめ。さっさと跪け。村を燃やされたいのか」

「おい、てめぇ！」

他でもないヴィントラの倒れる姿にゴードゥンは逆上しマンシャクに殴りかかる。

だが、またしても兵士たちの蹴りがゴードゥンに向かう。

そして兵士たちが剣を振り回した。

まさにその時。

エリウ村の民心が急落した。

［3］になったのだ。

時が来た。

それを証明するかのように村人たちは一斉に駆け出し家から農具を持ち出してきた。

手鍬《てくわ》に鎌《かま》、棍棒まである。

先頭に立つのはメロルだった。蹴り飛ばされて憤怒《ふんぬ》の表情のゴードゥンも宿舎に隠しておいたナイフを持ち出す。

人々の視線がマンシャクに踏みつけられたヴィントラへと向かう。

みんな怒りの眼差しだった。

村の精神的支柱で数多くの逆境に立ち向かえるよう助けてくれた指導者。このノルマを乗り切ればしばらくは大丈夫だろうと慰めてくれていた、そんなヴィントラの倒れ込む姿を見た村人たちは完全に理性を失ってしまった。

「みんな！　村長の敵を討《う》つぞ！」

憤慨《ふんがい》して立ち上がった村人たち。

だがこのままではただマンシャクによる虐殺が始まるだけ。

「きゃぁぁあっ！」

突撃するマンシャクの兵士たち。

悲鳴を上げる女たち。

とにかく俺の扇動《せんどう》ではなく農民たちが自ら作り上げた状況。

だから俺もそれに加わった。

これ以上の被害者を出すわりにはいかなかったから。

ジントはセレナとミリネを守らせているし、どのみち俺しかいない。

とにかく民心を下げることには成功した。

ヴィントラが負傷するという状況は避けたかったが……。

そんな中、マンシャクは連れてきた少女の身体をあちこち触り弄《もてあそ》びながらいやらしい笑みを浮かべていた。

「どうだ、面白い光景だろう？　お前は４年は殺さないでやるよ。良かったな。フッハハハ！　残りは皆殺《みなごろ》しだ。生意気なやつらめ。こんな村燃やしてしまえ！」

そこまでしないと気が済まないと言わんばかりに命令して笑い出した。

俺はそんなマンシャクの前へと歩み出した。

「何だ貴様は！」

飛びかかってくる兵士たちは当然一刀のもとに斬り伏せた。

そんな俺を見て少し驚いたのかマンシャクはとぼけたことを言い放つ。

「え？」

そのざまが可笑しくて俺は笑ってやった。

「愚か者め」

俺のその言葉にマンシャクは呆れ顔で大声を出した。

「すぐにこいつから始末しろ！　八つ裂きにして殺せ！　俺を誰だと思ってやがるんだ！」

マンシャクに対話をする気はなさそうだった。まあ、俺もそのつもりはない。

村人たちに襲いかかっていた敵兵が一斉に俺を見る。

それに伴い村人たちの視線も自然と俺に向いた。

「村長に手を出すとは、やり過ぎたな。それだけでも死に値《あたい》する」

俺がそう言うとあちこちで声を上げる村人たち。

「そうだそうだ！」

「っ……よくも村長を……！」

「俺たちみたいな人間を迎え入れてくれたのはあの方だけだった。他の村では断られてばかりだったのに」

ゴードゥンも俺の言葉に同調してマンシャクを睨みつけた。だが、マンシャクはくだらないと鼻で笑うだけ。

「おい、お前ら！　何して………って、あ？」

マンシャクは目の前に広がる光景が信じられなかった。

俺を攻撃していた兵士たちが瞬《また》く間に死んでいったのだから。

俺はその様子を呆けた顔で眺めるマンシャクを足で蹴飛ばした。

歯が吹っ飛び椅子ごと転倒するマンシャク。

俺は彼に弄ばれていた少女に逃げるよう手振りをしてから再び残りの兵士を倒し始めた。

「どけっ!!」

村人たちが兵器として農具を持ち出したところに兵士たちが攻めかけた状況。

だからまだ衝突は起きていなかったがゴードゥンはすでにひとり戦っていた。

特に時間を稼ぐ必要もないため、俺はそんなゴードゥンと戦っていた兵士の首を斬り飛ばした。

あっという間に25人の兵士たちは倒れ、マンシャクは俺の蹴りに転倒したままひとりとなってしまった。

「さて、こうなったら……死んでもらわないとな」

「何なんだ貴様は……っ！」

化け物でも見たかのような顔のマンシャク。

蹴りの衝撃で口から血を流しながら這《は》って逃げようとしたがそう遠くへは行けなかった。

俺はさらに劇的な効果をもたらすためマンシャクの首を完全に斬り落とした。

それから剣についた血を振り払って村長のもとへ駆けつけた。

幸いにも致命傷には至っていなかった。

マンシャクの武力がわずか23に過ぎなかったからだろう。

「村長はまだ息がある！　メロル、すぐにセレナを連れて来るんだ！」

俺の言葉にメロルは夢中で駆け出した。

やがて戻って来たセレナがヴィントラの容態を確認し始める。

「この傷なら助かります！　もちろん薬草がいくつか必要にはなりますが」

それは嬉しい知らせだった。

セレナが俺に向かってうなずくと村人たちは手を合わせ安堵《あんど》のため息をついた。

俺はセレナにヴィントラを仕せてゴードゥンとメロルを呼んだ。

「メロル、お前村長が殺されかけたからって食って掛かってどうする。お前や他の村人が死んだら元も子もないだろう」

「そ、それは……」

先陣を切ったメロルは口ごもってしまった。

「それより、一体あんたは何者だ。何でそんなに強いんだよ！」

メロルが訊いた。憤怒よりも今この瞬間は驚きが支配していた。

「そんなこと今はどうでもいいだろ！　村長が意識を取り戻してからにしろ」

結果、セレナの努力によってヴィントラは一命を取り止めた。だが傷は深く目を覚ますことはできずにいた。

村に大きな心配事ができたも同然であるため村人たちは全員倉庫に集まった。

「気持ちはわかるが、あのままではみんなあいつらに殺されていたんだぞ」

そう、俺はそこで堪《こら》えてほしかった。

この状況を利用したのは事実だが俺の望むやり方ではなかった。

ここで耐えることにより、その憤怒で一気に大きな反乱を起こすという計画だったのだ。

世の中そう思い通りにいくはずもなかった。正直今回は、俺の見込みが甘かった。

「食糧どころか女……それも子どもたちまで連れて行くのは……。それに傷ついた村長を踏みつけた時にはどうにも我慢ならなかった」

「そうだ。あんたも言ったろ。村長に手を出したのが間違いだって。あいつに」

ゴードゥンとメロルが同時に口を開いたが俺は首を横に振った。

「それを責めているわけではない。これからどうするつもりだってことだ。このまま死ぬ気か？」

「それは……。でも、逃げるとしてもどこへ逃げれば」

「そうだな……」

村人たちも互いに顔を合わせながら言葉を濁《にご》した。救いようのない状況であることは認知しているのだろうか。

その後、ジントを送って調べてみると近隣ではおよそ3つの村が燃えて消滅していた。この村に来る前にマンシャクがやったことだろう。

マンシャクの蛮行はこの村だけに向けられたものではなく他でも反発を呼び起こしていたということだった。

親が親なら子も子だ。

おかげで有志を募るのが容易になった。

エリウ村の民心は［3］。

　そして、王都全体の民心は［8］だった。

　この税の徴収を口実にマンシャクが村を焼き払ったことで民心が一気に下がっていた。

　女や幼い子どもにまで手を出そうとしたのだから当然だ。

　その怒りはそのままルシャクに向かわざるを得ない。

「マンシャクたちの死体は全て埋めたが直に捜索隊が来るだろう。近くの村を虱潰《しらみつぶ》しに荒らし始めるはずだ。そうなれば特定されるのも時間の問題だ」

「あんたは文字もわかるし村人の中でも一番賢いだろ。何か方法はないのか？　それにあんた……十分強いじゃないか。一体なぜこんな村に流れ込んできたんだ？」

「そのことだが、村長には話したが……いろいろ事情があるんだ」

　そして俺は再びゴードゥンに尋ねた。

「ゴードゥン、村長のおかげで農業を営みながら平凡な暮らしを送れるようになった時の喜びはどうだった？　山賊としての生活と何か違ったか？　この農作物が奪われることなく、君が売ったり食べたりできる収穫物になっていたらの話だ」

「あ？　なぜそれを？」

　山賊という言葉に反応して驚くゴードゥン。だが、俺はすぐに続けた。

「山賊だろうが敗残兵だろうが今ではみんな同じ村の人間。共に危機に陥った仲間じゃないか」

「それもそうだ……」

村人たちの顔を見回すと全員がうなずいた。俺の言葉に同意するという意味だろう。

生死を共にしたことで村人たちはすでに一丸となっていて出自など重要ではなかった。

それを越える仲間意識が芽生えていたのだから。

「そう言ってもらえるとありがたい。あんたの言う通りだ。山賊をしていた時とは比べものにならないほどのやりがいを感じたよ。あのくそ野郎さえいなければ！」

「そうだろ？」

俺はゴードゥンにそう答えてしばらく間を置いた。

再び村人たちのまるで親の一言を待つ子どものような切実な視線が突き刺さる。

「いつまでもあいつらを暴れさせるわけにはいかない。だから、そのためにみんなで力を合わせて王都の反乱軍を追い出すんだ」

その言葉に村人たちはざわめいた。あまりに過激な話だったから。

メロルは代表するように俺に尋ねた。

「そんなの無茶だ。たとえ成功したとしても、もっと多くの軍隊がやってくるだろう。結局は死ぬだけだ」

ため息をつくように言うメロルに俺は首を横に振った。

「何もせずにいても死ぬだけだ。それなら何かしらやってみるべきじゃないか？　奪われて飢え死にするか、抗《あらが》い戦って討伐されるか。同じ死ぬにしてもこの瞬間にも俺たちが汗水流して作り上げた農作物を何の苦労もせずに腹に蓄えている官吏たちを殺してから死んだほうがまだマシじゃないのか？」

俺が言い終えると村人たちは互いに顔を合わせた。

このままではどのみち死ぬという現実が、彼らに覚悟を決めさせた。

すでに反乱軍の首魁の息子に手を出した彼らには後がなかった。

「そうだ！」

「そうだそうだ！　いつまでもやられてばかりはいられない。こうなったら、いっそやるだけやって死んでやる！」

ざわめく倉庫の中。

思い通りに事が進んでいると思った俺は再び口を開いた。

「だが、最後に必ずしも死が待ち受けているとは限らない。戦うのは俺たちだけではないからな。近隣の村からも村人たちを糾合するつもりだ。それさえ叶えば数としては軍隊に匹敵する。そこからは頭脳戦だ」

「近隣の村からも？」

「先導者がいないだけで彼らもこの村と同じような境遇に置かれている。奪われ続けた挙句に死ぬだけなら、近隣の村からも有志を募って一緒に立ち上がるんだ。そうすれば成功の可能性は一段と上がる」

そこまで言うとゴードゥンが前に出た。

「彼の言う通りだ。やってみようじゃないか。俺たちの底力を見せてやろう！」

＊

セレナがヴィントラを看病して帰ってきた。

「セレナ、ご苦労さま」

「いいえ、村長はとてもいい方ですし助けるのは当然です。とはいえ、彼らの横暴は酷すぎます。こんな暴挙を働くなんて……」

セレナはうんざりした様子で身震いをした。

「エルヒンさんも村人たちと一緒にルシャクと戦うつもりですか？」

「そうだな。俺の軍隊を引き連れてくることはできないから。結局、俺ひとりの力でルシャクを倒すとなると民を利用するしかなかった」

「……まあ、私にはよくわかりません。私はエルヒンさんの勝利だけを願ってますから」

彼女はそう言うと俺の前に布に包まれた何かを差し出した。

「これから村を回って有志を募られると聞いています」

「そうだけど、それは？」

「人を集めるのに役立つでしょう。今のルアランズ王国はもうルアランズではありません。何の正統性も名分もない盗賊の集団に過ぎません」

セレナが布包みを解くと室内が黄金色に輝いた。

玉璽《ぎょくじ》。

布包みの中にあったのは玉璽だった。

ルアランズの王権を象徴する玉璽だ。

「これはルアランズ最後の王が残した真正なる大義です。お使いください。それに最後の王妃であった私のことも遠慮なく利用していただいて構いません。必要であればいくらでも証言します。この玉璽を持たない現王国軍はただの盗賊、もし不当な王による暴政が続くのであれば、王宮を破壊してでも民を守れと。それが王の最期《さいご》の言葉だったと宣布するつもりです」

「……それによってルアランズ王国がこの世から完全に消えることになるとしても？」

そう、俺の本当の目的はこれだ。

そこまで言われると、本当の目的を隠したままルアランズの民のためだという気にはならなかった。

「構いません。復讐《ふくしゅう》さえできるなら。それに、ルシャクに荒らされたあの国はもうルアランズとはいえません。それは誰もが知る事実。すでに存在しない国なのです。今の私はエルヒンさんの部下なので……ただ従うだけです」

そこまで？

「一応聞くが、偽物だってことはないよな？」

「はい、このルアランズの玉璽は珍しい金属から作られていて絶対に真似できないようになっています。この世にたった一つしか存在しないのです」

「よし、それならありがたく使わせてもらうよ」

俺が断言するとセレナは静かにうなずいた。

「ありがとうございます。そうしていただけたら父も喜ぶでしょう」

＊

最初は憧れだった。

確かにただの憧れだった。

大陸で一番心躍《こころおど》る話。

物語の中における憧れ。

でも、彼はとても不思議な人だった。

セレナはこれまで本当の自分を殺して生きてきた。

表情にはいつも偽りが混ざっていて。

彼女の笑顔はそのほとんどが嘘だった。

そのように生きなければならなかったのだ。

ドフレ一族のために王妃となったその瞬間からセレナは本当の笑顔を失ってしまった。

だが、そうするほどに彼女は笑った。

明るく笑うたびに王や侍女、貴族たちみんなが彼女に好意を示した。

それが好感を得る方法ならそう生きていくしかない。

そんな自分が本当に楽しめるのは外の世界の話を聞くときだけだった。

でも、そんな時はむしろ笑わなかった。

胸が高鳴る話の中で自分の置かれた境遇を考えるとかえって笑う気にはなれなかったのだ。

だから、セレナはエルヒンに泣いておけと言われた時、一瞬頭がぼーっとしてしまった。

他人が自分の本心に気づいてくれたのは初めてのことだった。

「私なんか」

力のない貴族の家に生まれた何の価値もない存在。

そんな自分の本心などわかってくれる人がいないのは当然のこと。

貴族の権力争いの犠牲となった、籠の中の鳥にも劣る存在だったから。

そう思っていたから、自分の気持ちを察してくれたエルヒンがとてもありがたかった。

でも、エルヒンの、泣いておけというたった一言。

その一言に泣き崩れてしまった。

あんなふうに人前で号泣したのは生まれて始めてだった。

それからというもの、エルヒンには何度も嘘を見破られた。

彼に偽装夫婦を演じてほしいと言われた時は、不思議にも飛び上がるほど嬉しくて久しぶりに心から笑ってしまった。

王宮に入って以来初めてのことだった。

もちろん、その後も愛想笑いはやめなかった。

でも、彼はすぐにそれを見破った。不思議すぎて呆然と眺めているうちに余計なことまで言ってしまった。

『どうしてそれを見分けられるんですか?』だなんて。

間抜けすぎる。

自分を認めてくれる人が目の前にいて、それがあの憧れの人だなんて。

嬉しくないはずがなかった。

だが、習慣というものは恐ろしい。

自由を得て憧れの人がそばにいるのだからもっと本当の自分を曝《さら》け出せばいいのに。

習慣的に村人にさえ愛想笑いをしている自分がいた。

好感度を得るため徹底的に計画された愛想笑い。

それを見たエルヒンはセレナに言った。

「そろそろ本当の自分の人生を生きてもいいんじゃないか？　村では夫婦を演じないといけないから仕方ないとして、せめてこの村を離れてからはありのままの君で生きていってほしい。嫌なことには顔をしかめてもいい」

セレナはそれを聞いていろいろと気が楽になった。

だから思わず彼に玉璽を捧げた。

ルシャクの手に渡らぬようそっと始末しろと父に言われた。

でも、役に立ちたかった。

だから、彼女は迷わなかった。

彼はとても喜んだ。それだけか自分の頭を優しく撫でてくれた。

もっと撫でてくれたらいいのに。

そんなことを考えている自分に驚いた。

玉璽を渡して部屋から出てきたあの日。

いろんなことに気づいてしまった。

高鳴る胸に偽りはない。

「お父さん、私どうしたらいいですか？」

望んではならないことを望む。そんなことはあってはならない。

セレナはそう思いながらも胸に運んだ手をぎゅっと握りしめた。

＊

俺が臨時村長となったあの日からだいぶ忙しくなった。

ヴィントラが倒れてから俺を本当の副村長のように慕ってくれた村人たちと共にまずは村を取りまとめることに挺した。

ヴィントラが復帰したらすぐに近くの村から人を集めてくるつもりだった。

それまでは未だ時間がかかった。

だが、それはとても大事な時間だった。

近隣の村を糾合すること以外にもやることは山積みだから。

「ジント、お前が行ってこい」

「了解」

俺はフィハトリへの手紙をジントに託した。

エイントリアンの軍隊が使えないからと外交戦争ができないわけではない。

そこまで手を回してから近隣の村を巡回した。近隣の村の状況もしっかり把握しておく必要がある。

幸いにもメロルの友人バリルドが近隣の村と活発な交流があったため村を巡回することに大きな支障はなかった。

近隣の村のメセクインを訪ねると殺伐《さつばつ》とした雰囲気が肌の奥まで感じられた。

村が燃えていないということはマンシャクによるあの筋違いの要求を全て聞き入れたという意味。

雰囲気が悪いのも当然のこと。

「あいつらのせいで村長が重傷で……」

ルシャクの蛮行を説明すると、ヴィントラと親しいのかメセクインの村長はだいぶ憤慨した顔だった。

「あの人まで殺そうとしたというのは本当か⁉」

ガドロと名乗る隣村の村長は沈痛な面持ちで尋ねた。

「本当です。治療があと少し遅かったら命はなかったかもしれません」

「クッ……！」

ガドロは机を叩きながら怒りをあらわにした。それも昨日の被害が大きかったようだ。

そこで俺はさっそく本題に入った。

「ガドロ村長、このままでいいんですか！」

「それしか方法はないだろ。この村はこの辺で一番大きい村だ。頑健なやつらも大勢いる。戦乱の渦中に流れ込んできたやつらもそっちに定着させたが、総動員令が下されて徴兵《ちょうへい》されるところだ。我われも反抗したかったが、それでは後がない。どうしようもない話だ」

「だから、みんなで力を合わせるんです」

俺は懐から近隣の村について細かく書き込んだ地図を取り出した。

「王都付近の村の数だけで数百に上ります。力を合わせて反乱軍に対抗すれば、さらに人が集まるかもしれません。抑圧されて苦しんでいるのはみんな同じ。徴兵されて戦うのではなく自分自身のために戦うのです。今は大変でも未来の平和のためです。王都全域の村から人が集まれば優に数万人は超えます」

王都はルアランズで一番大きい都市ともあって近隣の村の数も人口も一番多かった。

つまり、民心の怒りが爆発すれば兵力は膨大な数になるという意味だった。

どんな都市であろうと兵力は都市の人口に比例するから。

そんな数字を並べると、ガドロはしばらく呆然とした後に俺を見る。

　だが、すぐに我に返ったのか否定的な視線を送ってきた。

「それは、この辺の村だけで王都へ攻め込むということではないか」

「この辺だとあなたが最年長だと聞いています。みんなを率《ひき》いてください。みんなで一緒に戦ってこの悲惨な負の連鎖を断ち切る時です。飢え死にしますか？　それとも、この抑圧から解放されるために戦いますか？　二つ目の選択肢は死を覚悟して初めて生きる道が見えてくるものです。何事もやってみないとわかりません」

「ふむ……」

　数えきれないほど瞬きを繰り返すガドロ。だが、いくら考えてもその気になれないのか再び首を横に振った。

「草の根でも食べてしのげばなんとか飢え死には免れる。だが、このままではただ殺されに行くようなものだ。無謀すぎる。それにそれだけの人数を率いれる人間もおらぬではないか。君の言うように、わしは最年長ではあるが、ただそれだけ。兵法も戦い方もわからない」

　そう。

　結果的にみんな怒っているのは同じだった。妻や娘を奪われた人も大勢いるからその怒りは当然と言えば当然。

　だが、誰もが結局は無駄死にだと思っていた。

「それについてはヴィントラ村長が目を覚ましたら答えを持って参ります。とにかく、勝算はあります」

俺はそう答えながら村を巡った。

＊

エリウ村の村長ヴィントラ。

［ヴィントラ］
［年齢：56歳］
［武力：23］
［知力：68］
［指揮：88］

彼は優れた医術の持ち主という特殊な人物だった。それに指揮もかなり高いため登用しない理由がない。

医術に人柄、何一つ欠けることのない人材だ。

欲が出るのも当然だった。

今後、領地は増えるだろうから、その領地のうちどこかを任せられる人材でもあった。

こんな干天の慈雨のような人物は必ず獲得しなければならない。

指揮力で表現された数値だが、戦争経験がないというだけで、人望や徳望といったものを加味すれば９０は確実に超えるだろう。

他の村の村長たちもヴィントラを慕っているということは村を巡るなかで確認できた。

民心は［８］となり、あとは下がるだけの状況。

いったん火がつけばすぐに反乱が起こるような、そんな段階まできていた。

それが散発的ではなく組織的に起こるようこっちで操作できれば十分にルシャクの反乱軍を倒すことができた。

彼らにはいかなる大義名分もなかったからだ。

もちろん、今回の計画においてヴィントラの存在は必要不可欠なため、彼が目を覚ますまで準備をしながら待った。

そのように一週間が経った今日、ついにヴィントラが意識を取り戻した。

また、今後のためにも彼には正体を明かすつもりだった。

利用するだけでなく心を摑むためにも必要なことだから。

「そうか……私のために村人たちがそんなことを……」

もう後戻りはできない状況にヴィントラはため息をもらした。

「重要なのはこれからです。ただ、その前にお話が」

ヴィントラは怪訝《けげん》な顔で俺とセレナを交互に眺めた。

まだ完全に回復したわけではないためセレナが椅子をすすめると村長はうなずいて座った。

セレナが貴族であるという話は聞いていたため彼女の気遣いに身の置き所がない様子だった。

「その、実は彼女のことですが……」

「ん？　セレナさんがどうした」

セレナを見ながらそう切り出すとヴィントラは相変わらず怪訝な顔で訊き返した。

「貴族令嬢だと申し上げましたが」

「そうだったな。あれから悟られないように気をつけてはいたが思わず委縮してしまったよ」

「貴族令嬢であることに嘘はありませんが……もう一つだけ隠していたことがあるんです。彼女の正体について」

「それはどういうことだね？」

ヴィントラは疑問の眼差しで俺を見た。

強い疑問を抱いているせいか顔をしかめたことで白い眉が眉間に寄る。

「彼女の正体はセレナ・ドフレ。ルアランズ最後の王妃殿下です」

ヴィントラの瞳孔が開いた。

「いや、それは一体……」

ヴィントラとセレナの目が合う。セレナを見ていたヴィントラは視線を落とした。

そして、ごくりと唾を飲み込むとすぐさまセレナの前に平伏した。

「……そうとは知らず、今まで大変なご無礼を！」

「村長、おやめください。お身体の具合も悪いのにその必要はありません」

「いけません。王妃殿下の前でそんな無礼は許されません！」

ヴィントラは首を激しく横に振りながら頑として立ち上がろうとしなかった。

「私は陛下をお守りできませんでした。あなたに頭を下げさせるような人間ではないのです」

「そんな……それはあのルシャクが悪いのです。王妃殿下に罪はありません！」

「とりあえずお立ちになってください。こうしていては話が進みません」

「それは……」

俺とセレナはなんとかヴィントラを立ち上がらせた。

「これまで黙っていてすみません。でも、そろそろ真実を話すべきだと思ったんです」

「いっ、一体どうなってるんだ。まさか……君が反乱軍に狙われた王妃殿下を救出して
ここに潜り込んだのか？」

「そうです」

まあ、半分合ってる話だ。ある程度にはなるが。大体２０％くらい？

「これがまさにその証明です」

セレナはヴィントラの前で玉璽を取り出して見せた。黄金色に輝く玉璽にヴィントラの目が釘《くぎ》付《づ》けになる。

「現王国軍は非道です。民を民と思わず虫けらのように扱っています。このままでは王都付近の村は全て廃墟と化すでしょう。正統性も名分も今はこの私にあります。この玉璽が私のもとにある限り、ルアランズの名前を使っている現王国軍は単なる逆賊、名分などない盗賊に過ぎません！」

「それは……仰《おつしや》る通りでございますが……」

「私と共に戦っていただけますか？　非道な王国軍を追い出すために！」

「もちろんでございます。すでにエリウ村は後戻りできない川を渡ってしまいました。いや、そうでなくとも王妃殿下の存在一つで立ち上がる村人が溢れ返るでしょう！」

やっとの思いで立ち上がらせたヴィントラだったが、彼はそう言うとまたしても平伏してしまった。

「王都付近の村はこれまで王妃殿下の恩恵を受けて参りました。一昨年、あの凶作に見舞われた時にも王妃殿下が国王陛下を説得して税を減らしてくださったこと、今も民は感謝しています。それにルシャクが暴政を敷いていますので……それが自滅の道を進むことになろうとみんな立ち上がるはずです！」

それは当然だ。民心が8しかないのだから反乱の勃発《ぼっぱつ》は時間の問題だった。

そこに少しだけ油を注いで火をつければさらにめらめらと燃え上がるだろう。

「戦うことが自滅の道だとしたら玉璽を見せてまで説得していません。勝算はあると思います、村長」

セレナはそう言って俺に歩み寄った。そして俺の腕を摑む。

そっと俺を見上げる彼女の瞳がどこか奥ゆかしかった。

「この方が誰かご存じで？」

「殿下の侍従でしょうか？　いや、そういえば……確かに君は多方面に優れていたような。もしかして、君も貴族か？　いや、貴族ですか⁉」

ヴィントラが驚いた顔で言った。

「この方の名前はエルヒン・エイントリアン。エイントリアンの領主様です。ナルヤと戦ってルナン、ロゼルンを守り、ナルヤによる二回目の侵略ではルナンの王の命令でロゼルンに行っていて対応が遅れましたが、その後ルナンの国民を守るためにまたしてもナルヤを敗退させた英雄なのです!」

セレナの話に、さすがのヴィントラも今度は言葉が出なかった。

＊

その日以来、ヴィントラは情熱的に近隣の村を説得した。

簡単ではないその説得をヴィントラに任せた俺は村人たちの戦闘訓練に専念した。

武器は今すぐ手に入らないため、俺は代わりの武器にもってこいの竹槍の訓練を始めた。

この訓練ではいくぶんかは戦い方を知るゴードゥンと彼の仲間たちが大いに活躍した。

ゴードゥン軍団にメロル、ガドロは特に有能だった。

また、近隣の村の人々も俺の訓練を受けた。わざわざ村を巡って実力を披露したのはまさにこのためだった。

重要人物を除いては俺の正体を知らない。

だから、自然と俺の訓練を受けることに拒否感を抱かせないよう事前に実力を見せて回った。

「やーっ!」

そして、その訓練中に目に留まる少年がいた。

両手で竹槍を持ち大きな男たちを押しのけるその勢いと怒りに満ちた目つきが気に入った。

「君、名前は？」

「隊長！　僕はダモンです！」

「ダモン、君はなぜ槍を手にした？」

村人たちはいつしか俺を隊長と呼ぶようになっていた。

軍にいた俺は戦略に詳しいから隊長にすべきだ、とヴィントラが積極的に主張し、最年長の彼の言葉に他の村長たちが同意した結果だった。

エイントリアンの領主ではなく軍で戦略を担当していたというふうに話が変わっているが。

「やつらに両親を殺されました。絶対に絶対に許せません！」

まだ子どもである彼の怒りにぞっとした。

近隣の村の村長たちの能力値を見た後、人材探しのためにスキャンを試みていたがこんな子どもにまで目を通していなかった。

そこで好奇心に駆られてスキャンしてみた。

［ダモン］
［年齢：17歳］
［武力：72］
［知力：56］
［人望：51］

そして驚愕した。

17歳で武力72だと？

ジントは10代で武力80を超えていたようだが似たようなものじゃないか。

どうやら原石を発見してしまったようだ。

青年期には大きな変化が起こるもの。17歳なら18歳、19歳になるだけでもその能力は一気に開花する。

たくさんの村人が集まっているおかげで原石をもう一つ見つけることができた。

こうした人材探しもそれなりに楽しかった。

ゴードゥンやメロルも逸材とは言えないが十分に登用価値のある人物だ。

だが、ダモンの場合このまま成長すればエイントリアンの戦力の大きな軸となるかもしれない人材だった。

俺はすぐにエイントリアンから戻って来たばかりのジントを呼んだ。

「あの少年の相手してみろ。ただし、お前は素手でだ」

ジントに命令した後、ダモンを見ながら言った。

「ダモン、あの兄さんと勝負してみないか？　俺が必ずご両親の敵を討たせてやる」

俺がそう言うとダモンはジントを見た。そして、うなずく。

相手が大人だろうと怖じ気《おけ》づくことはなかった。

ダモンの竹槍がジントに迫る。ここに集まった村人たちに負けたことのない少年は自信に満ちていた。

だが、ジントがあっけなくその竹槍を足で蹴飛ばすと少し戸惑った様子。

これくらいで挫《くじ》けるようなら失望するところだった。

だが、少年は戸惑いながらもすぐに態勢を立て直して攻撃を浴びせ続けた。

竹槍の先を上向きにしてジントの頭を狙う。

ジントはそれを避けたが少年の連撃は続いた。その動きには無駄がない。

次々と竹槍による連続攻撃を仕掛けるダモン。

攻撃こそ最大の防御という言葉を実践するかのように手を止めることなく攻撃を続けた。

その攻撃を全て捌《さば》くジントに少年が焦り出す。俺は頃合いを見計らってジントに合図を出した。

すると、ジントの回し蹴りが竹槍を弾き飛ばした。

「そこまで！」

俺はすぐに中止を命じた。

能力的にはだいぶ満足だ。

「ダモン、よくやった。負けたからと気落ちするなよ。あいつは俺よりも強いんだ」

だから、ダモンは以前、俺にも訓練で一度負けていた。

だから、ダモンはとても驚いた顔でジントを見つめた。それは尊敬の眼差しだった。

彼のことはジントが育ててくれるだろう。

ダモンの目つきも気に入った。

自分より強い者に臆することなく、むしろ憧れを抱けるのならそれだけ成長の可能性も高いということだから。

「だが、君も十分に強い。ジントをあれだけ追い込めるとは大したものだ。今回の蜂起《ほうき》で必ず活躍させてやる。ご両親の敵《かたき》を討つといい」

「ありがとうございます！」

嬉しそうな顔をした少年の声が響き渡る。

「さあ、訓練に戻っていいぞ」

そう言った俺はジントに囁いた。

「どうだった？」

「すごいな。思っていたより」

感心したような顔で答えるジントに俺は苦笑した。

それがあたかも若者を見る年寄りのように見えたから。

＊

ついに蜂起の日。

いつまでも時間をかけて訓練をさせるつもりはなかった。どうせ奇襲だ。

村人たちが兵士の相手してくれれば俺とジントは思ったより自由に動けるようになる。

「うぉぉおおお‼」

村人たちは喊声《かんせい》を上げながら反乱軍が占拠したルアランズの王都に攻め込んだ。

計画は単純だった。

王都の門は開いている。その門を出入りするのは民だ。

王都周辺の村の民を糾合したその数は10万に達していた。

エイントリアンの初期の人口は22万。

ここはルアランズの王都だ。王都と王都付近の村の人口は40万に迫っていた。

そのうち戦える民が全員突撃していたためもの凄い喊声だった。

もちろん、訓練度は30と酷かった。それさえも急いで訓練させて10から30に引き上げたのだ。

代わりに士気は90とかなり高かった。

「っ、何だ！」

奇襲だったため、ルシャクが自分の領地から率いてきて王都の守備隊にした反乱軍が止めようとしたが、城門を閉めることはできなかった。

すでに城門は村人たちに占拠されていたからだ。

さらに俺はジントを南門に送った。そっちの守衛も声も出せず死んだことだろう。

俺は先頭に立って約束通りダモンを隣に置いた。少年は意を決して反乱軍と戦った。

初めての実戦だから人を殺すことへの恐怖があると思っていたがそうでもなかった。

そんな恐怖より親の敵を討つという怒りがずっと大きいようだ。

とにかく俺は次々と兵士を斬り倒した。

それもわざと大通連《だいとおれん》を振り回し、もの凄いマナ効果を発揮《はっき》しながら。

一度の［攻撃］で数十人もの一般兵士が倒れていく。

S級に上がった強力な攻撃のおかげだった。

この国に、大通連を装備した俺に敵うものはいない。

「う、うわぁ……」

ダモンを含め俺についてきた村人たちは驚きのあまり唖然《あぜん》としていた。

そのまま王宮の門を破壊して俺たちは一気に王宮内へと攻め込んだ。


——うぉぉおおおお！


憤慨しながら押し寄せてくる民衆を目にした王宮の守備隊は後退し始めた。

まあ、民衆の先頭に立って暴れる俺を恐れて後退する兵士の方が多かったが。

その頃、ルシャクは王宮の池の前で捕まえてきた女たちを弄びながら酒池肉林を繰り広げていた。

公爵を称して王宮を自分の物のように使っているとは。

まったく話にならない。

「公爵殿下、民衆が、大勢の民衆が攻め込んできます！」

「なに戯《ざ》れ言《ごと》を言ってるんだ。貴様ら、マンシャクのことを探しもせずに。村を焼き払ってでもあいつを連れてこいと言ったはずだ！」

「申し訳ございません。ですが、今は状況が……状況が……」

外の状況を見て驚愕した兵士が何度も同じ言葉を凝り返したが、しどろもどろでルシャクには理解不能だった。

ルシャクは顔をしかめた。

「おい、貴様ら！」

そんなルシャクの耳に喊声が聞こえてきた。それもかなり近くで。

「うぉぉおおおお！」

ようやく兵士の話は本当だと悟ったルシャク。

「すぐに私を守れ。貴様ら、こんなことになるまで一体何をしていたんだ！」

そして、騒ぎ立てながら親衛隊を怒鳴りつける。

俺たちを見たルシャクは苦虫を嚙《か》み潰《つぶ》したような顔で逃げようとした。

そこには彼が捕まえてきた女たちも残っていた。

「お父さん！」

「お兄様？」

「あなた！」

感激の再会か。

それならなお怒りが極限に達するだろう。

自分の娘や妻が弄ばれているのを見てはらわたが煮えくり返らない男などいない。

「殺せ！」

「殺せぇぇぇぇ！」

「それ以上近づくな。近づけば女たちは皆殺しだ！」

喚《わめ》き散《ち》らしながら逃げようとしたルシャク。だが、その後ろは壁だった。

退路のない池の前で遊んでいたのが運の尽き。

ルシャクという人物。

正直、俺には何の興味もない人物だ。

カシャクならともかく。

「っ、貴様は一体何だ！　それにお前ら、よくもこの無骨者どもが！」

「黙ってろクズ野郎！」

俺はルシャクの顔を蹴飛ばした。

彼は息子同様に歯が折れてそのまま地面を転がった。

カシャクが準備したあれだけの遺産を手にして反乱に成功した男。

だがその使い方を知らない男は一瞬にして全てを失った。

俺は彼を憤慨する民に引き渡した。

結果、ルシャクはめった打ちにされて死んだ。

俺たちはルシャクの首級を持ち兵営に向かった。

兵営ではジント率いる農民軍とルシャク軍が交戦を繰り広げていた。

「ルシャクは死んだ。今、君たちは同じ国民に武器を向けている。君たちもこの地の民ではないか。武器を捨てたら生かしてやる！」

すると、あちこちで降伏し始めた。実はここにもルシャクの暴政にうんざりしていた兵士はたくさんいた。

結局、悪性反乱軍の首魁であるルシャクが問題だったわけだから。

「エルヒン様！　外から……外から集まってきています！」

その時、ヴィントラが口角泡を飛ばして叫んだ。

「どういうことだ」

別の敵でも現れたというのか。

「他の村からです。次々に人が集まってきています！」

ヴィントラの話を聞いて俺は城門に上った。

電話があるわけでもないため、まだこの状況を知らないはずなのに遅れて参戦した村だった。

最初から反乱に参加したのはエリウ村とヴィントラと親しいその周辺の村々。

もちろん、難色を示す村も多かった。

だが、今集まってくる村の数は増え続けていた。

最初の数字は5万だったが、あの民衆まで数に入れると20万は超えそうだ。

「ルシャクは死んでルアランズの兵士たちは降伏した！　戦いは終わりだ！」

俺はルシャクの首級を掲げながらそう叫んだ。

「うわああああああああ！」

歓声が沸いた。

まあ、本当に大事なのはこれから広まる噂だ。大通連を使ってわざと派手な戦いをしたのには理由があった。

一番近くで見た人たちが戦いの話を広めるだろう。

俺の下につけば安全だという意識を植え付けるために噂を広めることが大事なのだ。

こうしてルアランズの王都は農民たちの手によって征服された。

かつてのルアランズの貴族、つまりルシャクに降伏していた貴族たちはそれぞれの領地へ逃げてしまった。

さらに、ルシャクは傀儡王を残して殺されたため、本当に残ったものは何もなかった。

幼い王も権力を得ようとする貴族と共に逃亡したが、俺の目的はルシャクだったから別に追うつもりはない。

彼らは俺が手を下さなくともいずれ自滅するから。

「エルヒン様、これからどうされるおつもりですか？　王妃殿下と共に国を立て直すなんてことをお考えで？」

村長ヴィントラが王城でそう訊いてきた。

だが、俺は首を横に振った。

「訓練もされていない民衆だ……。結局、彼らは農民じゃないか。それに大陸の情勢からすると、これだけ分裂した国は他国の餌食《えじき》となるだけ。当面はこの地を狙う国々によってルアランズ全土が戦場となるだろう」

そう。間もなく各国がルアランズを狙って侵攻してくるはず。

無政府状態になったも同然のルアランズの各領地は中央政府がないため団結できずに各個撃破されるだろう。

「では、我われはこの先どうすれば……？」

「ここを離れるってのはどうだ？」

「ここに生活の基盤があるのに、ここを去れと仰るのですか？」

ヴィントラが困惑しながら尋ねた。

「仕方のないことだ。残念だが、この国はいずれ全土が戦場となる。そんな戦争の真っ只中に残ったところで命を無駄にするだけだ」

「ですが……どこへ行けば……。ここはみんなの生まれ故郷……だからこそ今回の蜂起にも参戦したのではありませんか！」

ヴィントラの言っていることもわかる。

しかし一度救った彼らをこのままむざむざ殺させるわけにはいかない。

たとえ故郷を捨てさせてでも。

「だから、君が民衆を率いてくれないか？」

「それはどういうことでしょう……？」

「エイントリアンで君たちを全員受け入れようと思う。エイントリアンの領土はまだ狭いがすぐに飛躍的な発展を遂げると断言する。それに俺は民衆を戦争の危険にさらすようなことは絶対にしないつもりだ」

俺はそこまで言ってヴィントラに頭を下げた。

「それにあなたなら十分にルアランズの民衆を率いることができるはずです」

「そ、そんな……！」

俺が敬語を使うとヴィントラはさらに困惑した様子で慌てふためいた。

「村長を慕っている民はたくさんいます。その民衆を率いてエイントリアンへ避難してください。彼らを受け入れる土地は用意しておきます。少し遠回りにはなりますが、北の情勢が安定したらルアランズの旧領土は必ず取り戻します。そうなれば、みんな故郷に帰れるし。……そのルアランズの旧領土で領主となるのはあなたしかいないかと。つまり、今私は村長にエイントリアンの家臣になってほしいと頼んでいるのです」

ヴィントラは驚いた顔で首を横に振った。

「いや、ですが、私はこのまま農夫として一生を終えるつもりの身。私にはとても務まりません！」

「全てはルアランズの民衆のためで、彼らをまともに率いることができるのはあなただけです。他国の人間である私におとなしく従うはずもありません。民には決して苦労させません。彼らの平和のために努力します。それとも……戦争で死んで、避難民となって、戦災孤児となって、そんな事態を作りたいですか？　しばらくエイントリアンで過ごせば再び故郷へ戻れます。何があろうと、それだけはお約束します」

「……」

戻ってきた時のルアランズの領主はこの男がいいだろう。

当面はミリネと共に農業の奨励を任せれば、彼の専門分野だから相当な発展がありそうだし。

多方面で必要な人材だ。

「今はまだ小領ではありますが、いずれ私はエイントリアンを大陸統一の国としてみせます。あなたたちにはその民となってほしいという意味です。私にそんな資格はないと思ったらすぐにでもエイントリアンを去っていただいて構いません。ですから、最後に言います。私についてきてくれますか？　混乱の時代、特に国境を接する神聖ラミエ王国は間もなく国境を越えてくるでしょう。時間がありません、村長」

「……」

ヴィントラは黙ったまま俺を眺めていたが、ようやく決心がついたのか口を開いた。

「行かないという者たちを無理に連れて行くわけにはいきません」

「それは当然でしょう。最終的にどうするかは本人次第です。ひとまず連れて行けば当面は税を免除して農業を営むための土地は用意するつもりです。安定するまではこちらで支援し、その後は決められた税を納めて暮らせばいいのです。搾取《さくしゅ》はありません。そこはしっかり説明してください」

「……まずは話をしてみます。エルヒン様の人柄を信じます」

それが可能な理由は金塊があるからだ。財政が破綻《はたん》しないようにするエイントリアンの金塊のおかげ。

もちろん、それも今後はもっと安定的に運営していかなければ底をついてしまう。いずれは金塊を利用して他国と物資を交易し収益をあげる必要がある。

だが今は人口を増やすことの方が優先事項だった。

幸いにもヴィントラはうなずいた。

同時に跪く。

エリウ村の人たちには彼に協力するよう話すつもりだった。

50万の人口のうちどのくらいの数が移住してくるかはわからない。

だが、俺はルアランズ全域に噂を広める準備を終えた。

＊

神聖ラミエ王国の宮殿。

「陛下、どう考えてもこれは絶好のチャンスでございます！」

貴族たちは口々《くちぐち》に王を説得していた。

その理由は当然ながら無政府状態に陥ったルアランズ地域を容易に手に入れるためだった。

「それはそうだが……そうしているうちにナルヤ王国が攻め込んできたらどうする！ルナンがそうだった。ブリジト領土を占有しようと欲をかいて滅亡してしまったではないか！」

「状況が異なります。我われはナルヤと国境を接しているわけでもありません！」

「まあ、そうだが……」

ラミエの王は悪い王ではなかった。

ただ、それなりにラミエ王国をうまく率いている王だったが、かなりの優柔不断であることが問題だった。

「陛下！　陛下！　急報です！」

「どうした？」

情報部を率いる貴族が駆けつけてきて報告すると王はやれやれと首を振った。

「ロゼルンが、ロゼルンが、動きを見せているとのことです」

「何だと？　あいつらがルアフランズを狙っているというのか？」

ハナン王国が崩壊した今ルアランズの西にはロゼルンが、東にはラミエ王国があった。

真ん中にルアランズがあるためロゼルンとは国境を接していないが。

「このままでは北のシントラージェ王国もルアランズを狙ってくるのでは？」

「陛下！　先手を打つべきです。我われが占領すればやつらに狙われることはないでしょう。結局、滅びた国でより多くの地域を占領するのはいち早く動いた勢力ではありませんか！」

優柔不断も他国に奪われるという嫉妬《しっと》心から直るものだ。

「すぐにルアランズに侵攻しろ！」

「はい、承知しました！」

他にもルアランズと少しでも国境を接する国はどこも同じ状況だった。

みんなロゼルンに動きがあるという知らせを聞いていたのだ。

もちろん、ロゼルンは動きがあるということを見せるだけで戦争をする気はなかった。

ロゼルンを動かしたのはエルヒンで、各国はこれに釣られて動き出した。

狙いは混乱とルアランズからの農民大移住だけではない。

まだもう一つあった。

ルアランズの滅亡に乗じて必ず得るべきものがあったのだ。

実はこれが一番重要だった。

これだけ長い遠征をしたのはまさにこれを難無く手に入れるためだった。

「ここがドフレ領か？」

「そうです。ここへ来るのは本当に久しぶりです」

ドフレ領はルシャクの執権によって荒れてしまった。

おかげで完全に崩壊した状態。

その故郷を見てセレナはとても悲しそうな顔をした。

だが、そのように一度滅びたこの地にも生存者はいた。

ここまで来たのは旧ドフレ家の家臣を迎え入れるためだった。

セレナの登場により、ルシャクの軍隊を逃れてあちこちに身を隠していた家臣が次々と接触してきた。

ドフレの人柄の良さに家臣たちは最後までドフレ一族を見捨てることなくいたわけだ。

「エルヒンさんが父の敵を討ってくださいました！」

セレナは彼らを集めてそう説明した。

「だから、今度は私たちがエイントリアンの力になってあげませんか？」

これまでの状況を説明してセレナがそう言うと、ドフレ一族に忠誠を尽くしてきた家臣たちは当然セレナにお供すると立ち上がった。

その家臣たちの下で身を隠してきた者たちまでも。

残されたドフレの家臣たちは先を争うようにセレナに忠誠を誓った。

そして、主の敵を討ってくれた俺にも忠誠を誓った。

これが大事な理由は別にある。

ドフレの家臣を受け入れてルアランズの港でやるべきことがあった。

それを終えてからエイントリアンへと戻った。

それからしばらくして。

今やエイントリアン領の首都も同然となってしまったブリンヒルの海岸沿いに艦隊が現れた。

それはルアランズが誇る第一艦隊だった。

「ドフレ領も港町です。軍船に乗ったことのない者などいません。船乗りが多いのがドフレ家の誇りでしたから」

ドフレ家をそう紹介していたセレナだったが、反乱を成功させてすぐに領地へ寄り人々を救ったのは海軍のためだった。

そして今、その成果が目の前に現れたのだ。

軍船が近づくにつれて艦船にエイントリアンの旗が掲揚されているのが見えた。

そして、その舳先《へさき》に立っていたのは、旧ドフレ家の人々を糾合しルアランズの王都から第一艦隊を占有して戻ってくるという任務についたユセンとギブンだった。

第4章 驚愕の再会

エイントリアン王国の建国宣布。

古代王国の復活が目前に迫っている。

唯一の足枷《あしかせ》はローネン公爵《こうしゃく》だった。

ローネン公爵が運良く逃れた後に南下して作った南ルナン王国。

ルナンの王都まで占領したナルヤ王国軍は現在ヘラルド王国へと戦線を移していた。

大軍を失ったため、すでに攻略中にあったヘラルド王国の占領に集中し始めたのだ。

諜報《ちょうほう》によるとヘラルド王国の占領は順調なようだった。

おそらくヘラルド王国はそう長く持ち堪《こた》えられずに滅亡するだろう。

問題はルナンから逃げて南ルナン地域で王となった男ローネン公爵だった。

ナルヤの王はルナン方面の軍隊、つまり俺と戦って生き残った約3万の軍隊をルナンの王都に配置した。

そして最近、その軍隊が南ルナンの近くまで前進配置されたとの報告があった。

ローネンは急を要してケベル王国と同盟を結び援軍を送ってもらおうとするだろう。

ケベル王国との人脈を使ってくるはず。

ローネンの一族はケベル王国と婚姻《こんいん》で結ばれた関係だから。

俺にとってはこの南ルナンの存在そのものが完全に邪魔だった。

エイントリアン王国の建国を宣布する上での足枷だ。

既存のルナン領土を吸収するにはルナン王国民の支持が必要となる。

『エイントリアン』という国名に反して南ルナンという名称で正統性を標榜《ひょうぼう》していて民衆の心を揺さぶることができるため、かなり邪魔な存在となるわけだ。

このローネンと南ルナンが消えることでルナンは完全に滅亡する。

まだ呼ばれていないが、危ない瞬間が訪れたらローネンはきっと俺を呼び寄せる。

そこでもし俺が行かなければ裏切り者という汚名を着せてくるはず。

こうした面倒な関係。

ローネンもルナン王族の血を引くひとりだからルナンの名前を使っている南ルナンを俺が自ら滅ぼすことはできなかった。

いずれにせよ、南ルナンにいるのはルナン出身の家臣や兵士、そして民が大半だ。

いくら俺に忠誠を誓《ちか》ったとしても、ルナンという名前を継ぐ南ルナンを俺が滅ぼせば民心は乱れる。

ルナン出身の民衆はほとんどがそんな状態になるだろう。

そんな理由から建国の宣布はこの南ルナンが滅亡した後ということになる。

だから南ルナンは他国によって滅亡するのが最高の展開だった。

その絵図の中心にはヘイナという存在がいた。

俺が撒《ま》いておいた火種だ。

それにケベル王国もそんなに簡単に援軍を送るわけがない。

ローネンは南ルナンを守ってもらう条件でルナンの領土を分け与える約束を交《か》わすだろうが、あの男にそんな力はない。

むしろ俺が阻《そ》止した第一次ナルヤ戦の時も、そして今回の第二次ナルヤ戦の時も特に何もできなかった男だ。

権力欲ばかりが溢《あふ》れているだけ。

時が来たら救援を口実に助けるふりをして彼を見殺しにする。

そして悲しむ姿を見せることで南ルナンの兵士を吸収してから建国を宣布すればいいことだった。

もちろん、そのタイミングは俺が主導する必要がある。

ナルヤが南ルナンを攻撃するまで待つのはあまりにも時間の無駄だ。

ローネンがケベル王国を動かそうとするなら、俺は裏でそれを利用してむしろ南ルナンを滅ぼず。

その後、ケベル王国との戦闘で南ルナンを守ろうとしたがすでに手遅れだったというシナリオで民心を得ればいい。

ケベル王国が南ルナンの敵となるよう仕向ける。

そして、その敵を放っておくわけにはいかないから戦う。

これが南ルナン滅亡のための作戦。

実はかなり前からすでに始まっていたのだ。

＊

「ユラシア、出かけよう。ここブリンヒルに美味しい喫茶店が新しくできたって噂だ。フルーツケーキが絶品だとか」

「本当ですか？　すぐ行きましょう！　今すぐ！」

ブリンヒルに戻って数日後。俺はたまには休息を取ろうと、ユラシアをデートに誘った。

ケーキという言葉に立ち上がったユラシアは俺を見つめた。彼女は食べることが何にもまして好きだった。

大盛りの飯を一瞬で平らげてしまうという、とんでもない能力の持ち主でもある。

「ところで、どうしてあなたがそんな喫茶店の情報を？」

「俺の留守中は何かと苦労させただろうから一緒に行こうかと思って調べてみたんだ。ケーキは好きか？」

「もちろん！　ケーキは正義ですから！」

前回は肉が正義であり真理だって言ってなかったか？　ころころ変わるな。

「ケーキ！　ケーキ！　大きいといいなぁ！」

それから両手を挙げて子どものようにケーキを連呼し始めた。

これが早く連れて行けという合図だったりもする。

だからすぐに喫茶店へ連れて行った。

「でも、さっき飯食わなかったか？」

「当然、デザートは別腹です！　へへっ、ケーキ！」

ユラシアの食べる姿を見ているともう一つ胃があるのではないかと疑いたくなる。

それより、そんなにケーキが好きなのか。

もっと早くに連れてくればよかったな。

やがて俺たちの目の前にケーキが出てくるとユラシアは「わあ！」と声を上げた。

いや、こんなに人が多いところでそんなに嬉しそうな顔をするキャラじゃないだろ。

「お～、最近人気なだけあってケーキが映《は》えるな」

ユラシアは隣でしきりにうなずく。

「閣下《かっか》！　閣下！」

その時、俺を探し回っていたのか汗だくのベンテが店に駆け込んできた。

ユラシアは手にフォークを持ったままその光景を眺めた。

「大変です！」

ベンテの発言とは別に何か悪い予感がしたのか苛立《いらだ》つように指を動かすユラシア。

フォークはケーキすれすれだった。

いや、今はユラシアを観察している場合ではないが可愛すぎてつい目が行ってしまう。

「どうした」

「南ルナンから使者が来たようです！」

どうやら時が来たようだ。

＊

ローネンが送った使者は彼の家臣の伯爵《はくしゃく》だった。

名前も覚える必要のないやつだが、その態度はとても傲慢《ごうまん》だった。

南ルナンにはルナンの正統性があり、ブリジトへ後退した俺とその勢力は当然ながら南ルナンの地方勢力だと思っているのだろう。

「こんなところで裕福《ゆうふく》な暮らしをなさって、さぞお幸せでしょうに」

一介《いっかい》の伯爵がそんなことを口にするとは。呆れてものが言えない。

「陛下の仰《おお》せだ。エルヒン・エイントリアン伯爵は跪《ひざまず》け！」

ローネンの家臣は威嚇《いかく》するようにそう命令した。

当然ながらエイントリアン所属の武将であるユセン、ギブン、ジント、ハディンらは露骨《ろこつ》に険《けわ》しい表情を見せる。

それでもこいつを殺すわけにはいかない。

間もなく滅亡する南ルナンだが、とりあえずルナンであることには変わりないため民心を考えても今は従う姿を見せた方がいいだろう。

そう、それはわかっているが、腹が立つのは仕方のないことだ。

殺して南ルナンに攻め込むか？

その必要はない。

戦略さえうまく運べば南ルナンの最期《さいご》はもう目前だ。

だからここは堪《こら》えないと。

今まで我慢してきたのに、もう少し待てば勝手に自滅してくれるローネンを前にして、その少しを我慢できず最悪の手を打つわけにはいかないだろう？
ルナンの裏切り者ではなく、滅亡したルナンを助けて国を建てたという名分が必要だ。
今、ルナンに攻め込めば、結局南ルナンにいるルナンのいかなる民の民心も得ること
ができなくなるはず。
通常、征服戦争において、攻め込んでその後に民心を得ることは当然だが、それは何
の関係もない他国の場合だ。
かつて俺がルナンの臣下だったため、その臣下だったという枷がある以上、直接手を
下して滅亡させるのは民心に大きな悪影響を与えるだけだった。
だから我慢しなければ。
加えてローネンのもっと悲惨《ひさん》な最期のために、今は我慢するんだ。
ただ、だからといって跪く必要はないだろう？
「陛下というと、ローネン公爵閣下のことか？」
「当然だ！　他に陛下がどこにいる！」
ローネンの家臣が叫んだ。
「ククク、陛下か。いっそローネン公爵殿下に頭《こうべ》を垂《た》れろと言うなら従うが、陛下にと
はな。その正統性はどこからくるんだ？　君が持ってきたその勅書《ちょくしょ》にルナンの玉璽《ぎょくじ》は
押されているのか？」

「玉璽って、それは……まだない！」

あるはずがないだろう。それはルナンの王が持っていて、バルデスカが回収した。

「その玉璽がないということは、結局はローネン殿下も陛下を捨てて逃げたという意味にほかならないのではないか？」

「笑わせるな！　前国王陛下が先に避難して災難に遭《あ》われただけだ。ローネン殿下が王族であることは誰もが知っている事実。玉璽がないといえども正統性は……」

「正統性というと、一緒に逃げた王子とか、そちらの方がもっとありそうだが？」

「うるさい！　無礼だぞ。私は陛下の勅書を持って来た使者だ。陛下に対するのと同じように敬《うやま》え。それとも、エイントリアンは陛下に反旗《はんき》を翻《ひるがえ》すというのか？」

言い負けそうになり、大声を出し始めた。

正統性と言えば、むしろ古代エイントリアン王国の直系である俺の方にも正統性がある。

「そんなことはない。命令は受けるから、勅書でも読み上げてくれ」

「よし。エルヒン伯爵は、直ちに兵力を率《ひき》いて南ルナンに来て、新しい王都の守備に着け！　ルナンの家臣として当然しなければならぬことだ！」

そうか。命令自体は非常に当然だった。俺がルナンの家臣だったから発生する枷だ。

この枷を断ち切らなければならない時が今だ。

まあ、ゆっくり行こう。ゆっくり。

＊

ヘイナ・ベルヒンは悩み続けた。

惨《みじ》めに死んだ父の敵。

エルヒンの言葉は一つも間違っていなかった。

彼は自分を超えた天才だった。

だから、もっと悔《くや》しかった。

だが、事実は事実だ。

父があのように惨めな死に方をしてベルヒン家が没落したのは、ひたすらローネンの気まぐれのせいだった。

その気まぐれをなんとかしようとローネンに媚《こ》びながら過ごしてきた歳月。

エルヒンの言う通り、世の中は変わっていった。

その変化を事前に聞いたため、自分の領地に戻り、小規模ながらその兵力を率いて準備をした。

ナルヤが再び攻め込んできて、ヘイナは部隊を率いてローネンを救った。

もちろん、ナルヤが激しく追撃してきたら耐えられなかったが。

そんなナルヤをエイントリアンに引き入れて潰走させたのは、エルヒンだった。

エルヒンは、また勝った。

「すごい人……」

ヘイナは唇を噛んだ。認めるべきことは認めざるを得なかったのだ。彼がすごい戦略家だということを。

そのおかげで、ローネンは難なく南ルナンに定着することができた。

ヘイナがすぐにローネンに復讐《ふくしゅう》しなかったのは、ローネンの兵力が健在で、彼の家臣もいたため、すぐにローネンの首を切る機会がなかったからだった。

それに、もっと悲惨な最期にしてやりたいという思いもあった。

ヘイナはローネンの野心を知っていた。

彼は明らかに王になりたがっている男だ。

それなら最高の瞬間、ついに王になったというその喜びを味わった絶頂の瞬間に絶望の底に叩き落としたかった。

父の最期と同じくらい、悲惨に。

それが最高の復讐だ。

ローネンがもはやルナンの最高権力者ではなく、恐ろしい存在ではなくなったという現実に向き合ってから動きだした自分が情けないが、だからといってじっとしているわけにはいかなかった。

こうしてチャンスがやってきた以上、なんとしてでも復讐を果たすことが彼女の意地だった。

一つ問題があるとしたら——。

王になってしまえば、さらに殺すことは難しくなるということだった。

さらにはナルヤの大軍が再びエルヒンに撃破されたので、南ルナンの命脈はさらにつながってしまった。

彼女の懸念《けねん》通り、結果的にローネンは王になった。

事あるごとに殺せる機会を探してみたが、非常に疑い深いローネンなので、ひとりで自分に会うことはなかった。

助けたのは私なのに、最後まで信じなかった。

さらに苛立《いらだ》たしいのは、それでも利用できるものは最大限利用しようとする点だ。

自分を参謀《さんぼう》から排除して退かせた本人でありながら、また表向きには重用《ちょうよう》するという意思をほのめかしておいて、まったく信じないずる賢さ。

彼女もまた策略家だ。

エルヒンについていけないということを自ら認めた瞬間から楽になることが多かった

が、とにかく大陸の情勢くらいは読むことができた。

南ルナン？

ローネンが王になった？

ただ時間の問題であって、長く持ち堪えられる王国ではなかった。

しかし、そうなれば、自分が復讐に関与するのではない。ただローネンが死んでしまうだけだった。

父の悲惨さと家の復讐を一体どの部分で自分は成し遂げたというのか。

南ルナンを建国されてそんなことを悩んでいた時。

秘密裏に訪ねてきたひとりの男がいた。

「ユセンと申します。閣下の手紙を持ってきました。申し訳ありませんが、その手紙に従っても従わなくても、私はその手紙を読んで燃やすのを見届けなければならないようです」

手紙を燃やす。

すなわち、証拠をなくすという意味だった。

自分がこの手紙の内容に従うふりをして裏切ったとしても、結果的に自分とエルヒンの関係を立証することができなくなるのだ。

しかも、ルナンの貴族たちは自分とエルヒンの関係を知っていた。最悪の関係だということを。

つまり、自分が後で黒幕はエルヒンだと言っても、誰も信じないだろう。

「とても慎重な人ね」

ヘイナは自嘲《じちょう》するようなことしか言えなかった。

「閣下は信じたがっていらっしゃいますが……ヘイナ閣下のお気持ちが決まっていないようであれば仕方ないとおっしゃいました」

「関係ないわ。手紙の内容は考えてみるけど、どんなことが起ころうと、それは私がしたことだと伝えて。それくらいの誇りは私にもある」

「承知しました、閣下」

父を殺したのはローネンだ。

エルヒンに対する敵愾心《てきがいしん》は能力に対する嫉妬《しっと》だけだった。そのように敵対したのだから、自分を完全に信じるのは策士としてすべきことではない。

まあ、関係なかった。

すでにローネンに復讐することを決心し、決心した瞬間から特に人生に対する欲はなかった。

ローネンの悲惨な最期を見ながら、自分の無能さを笑って死んでしまおう。失敗した国の策士として。そんな決心をしていた。

誰も信頼できなかった悲惨な人生の最期を、それでも華やかに飾りたかった。家のために最高の復讐をしたというその小さな自己満足でも得ながら。

エルヒンの手紙にあった予見は、やはり正確だった。

南ルナンを建てたが、ナルヤからの防衛が急務だったローネンは、婚姻関係で結ばれていたケベル王国のカルト公爵家に、同盟を要請したのだ。

その同盟の代価は、ルナンの土地を二分するという約束だった。

実際、ケベル王国にとって別段魅力的な提案ではなかった。

婚姻関係で結ばれた関係などはいつでも破棄できるものだ。

あえて南ルナンを助ける必要はなかったのだ。

いっそ南ルナンを攻撃した方がいいと考えていた。

エルヒンはヘイナを通じてそれを焚《た》きつけようと考えた。

そのためヘイナは正式な使者としてケベル王国を訪問し、カルト公爵のライバルであり、それよりも野心に満ちた人物であるプレネット公爵の元を訪れた。

「つまり、入り口を開けてやるから、南ルナンをただで取れという意味か?」

「そうです、殿下」

プレネット公爵としてはそそられる提案であることは事実だった。もちろん、その真偽を把握することができないため、すぐには信用できなかったが。

「南ルナンの土地はローネンがいなくなった瞬間、何の苦労もなくケベル王国のものになります。肥沃《ひよく》な土地です。ナルヤはヘラルドとの戦争中で、東に勢力を広げています。その後に戦おうとする所はどこでしょうか？　当然ケベル王国でしょう。その前にただで勢力を広げ、肥沃な土地を確保することで軍需物資の確保がより容易にできるなら、これ以上のものはないと思いますが」

それもまた事実だった。

ケベル王国の王と貴族たちは、ナルヤの野心に立ち向かって戦う覚悟をしていた。すでに前の同盟要請は断られており、ナルヤの野心は誰よりもよく知っている王国だった。

「我がケベルにはパプメ・ディオンディという強い武将がいる。もちろん、今は休むという言い訳で遊んでいるが……彼がいるから、ナルヤと戦ってみるのもいいだろう。そこに肥沃な土地まであれば、当然手に入れたい。しかし、だ。其方《そなた》をどうやって信じるというのだ？」

当然、この部分が最も重要だった。何の担保もない約束だったから。

「とりあえず南ルナンが軍を要請したので、ひとまず王国軍を派遣してください。同盟自体はまだ結ばずに、軍を送って協議をした後に同盟を結ぶと答えてください。その後、ケベル王国軍が南ルナンに入ると、私は南ルナンの心臓部で反乱を起こします」

「何だと？」

「その後、反乱を鎮圧するという名目で軍を動かせばいいのです。そのような混乱した状況で、すべての罪は私の率いる反乱軍のせいにし、ケベルは反乱を鎮圧したけれど、南ルナン政府はすでに壊滅したと言えばいいのではありませんか？」

「ククククク、クハハハハハ！　つまり、反乱を鎮圧するという名目で軍を動かし、反乱軍も制圧し、秘密裏に南ルナンの政府まで討《う》てというのか」

「そうです。汚名は私に着せても構いません。ローネンを殺す機会を私にくだされればいいのです。ただ望むのはそれだけです」

「それほどローネンに対する恨みが深いというのか？」

「両親の敵であり、家の敵です」

「私がこの事実を告げれば、其方の人生は終わるのだぞ……？」

「すでに命は捨てています。それを利用して何の苦労もなく王都に入って南ルナンを掌《しょう》握《あく》するのか、それともたかだか私の命を得るのか、それは殿下が決める問題だと思います。とにかく反乱が起きるのが合図です」

ヘイナは淡々と説明した。あまりにも淡々としていたため、プレネット公爵のほうがむしろ呆れるほどだった。

プレネット公爵に損はなかった。ここでヘイナを処断すれば本当に得られるものは何一つないが、ひとまずケベル王国軍として南ルナンへ行ってみるだけなら問題はない。

同盟が結ばれた状態で彼らを攻撃すれば大陸全域から非難されることになるため、いくら目の前に利益があるとは言え、そんな裏切り方はすべきではない。下手すれば大陸における全ての国が共同の敵に指定してくるかもしれない。

一つでも国が消えれば大陸統一に有利となるがそんな言い訳に他国が黙っているわけがない。

だが、ヘイナの言ったようにひとまず軍を送って、反乱を鎮圧するという名目で動くなら名分も立つ。

名分があれば非難の対象にはならない。反乱により混乱した状況でこそ何かしら起きるものだ。

ヘイナの言う通り全ての責任を彼女に負わせるのは簡単だった。

彼女のローネンへの恨みがどれほどのものかはわからないが、ひとまず軍を送るという選択は悪くないだろう。

まずは行って状況が自分たちに有利なようなら動く。もしくは言い訳をして軍を撤収させる。

まあ、そういう話になるわけだ。

それだけケベルにとって南ルナンの領地は必ず手に入れたいものだった。

それをまともに戦うことなく簡単に手に入れることができる？ルナンの王都が占領されたことで、どのみちナルヤと国境を接することになった今だからこそ欲の出る提案だった。

＊

南ルナンに向けて出陣すべき時が訪れた。

各領地を防御する部隊はもちろん、新たに作った兵力は訓練が足りないため戦場に送ることはできなかった。

鉄騎兵《てっきへい》1万。そして、歩兵隊1万で編成された2万の兵力を出陣させるつもりだった。

「私も連れて行ってほしい。行って確認したいことがあるんだ……」

エルヒートは俺を訪ねてきてそう言った。

彼とローネンの関係を考えれば、仕方のないことではあった。

完全に心を掴めなければいくら優秀な人材でも必要ない。

連れて行って3人の関係をきれいに清算できなければ、エルヒートは俺側の人間になれないだろう。

鉄騎兵1万。

歩兵隊1万。

両部隊の総大将は俺。

鉄騎兵はエルヒートが、歩兵隊はユセンが大将を引き受けた。

俺はジントを突撃隊長とした2万の部隊を率いて南ルナンへ移動した。

それから、とりあえず南ルナンの王都周辺まで来て駐屯地《ちゆうとんち》を設営した。

まずはナルヤの大軍が進撃してくるであろう街道を保護するという名目のもとで。

ここに駐屯するという手紙を送れば俺に南ルナンの新しい王都へ入るよう言ってくるだろう。

こうした手紙のやり取りも時間稼ぎになるから悪くはなかった。

諜報によると間もなくケベル王国の援軍が南ルナンに到着するはずだった。

駐屯地を設営して辺りを巡回していると兵士たちの大きな声が聞こえてきた。

「ルナンから来たって？」

「そうです。私と娘はルナンから来ました。この人も同じです」

どうやらルナンの旧王都から南ルナンに向かっていた難民が道を間違って駐屯地に入り込んでしまったようだ。

「どうした」

近づいて行き、俺が尋ねると兵士たちが気をつけの姿勢で報告をしてきた。

「ルナンから来たというので尋問《じんもん》していました。その……避難民を装《よそお》った間者に気をつけるように言われていますので！」

軍の駐屯地をうろついているなら確かにその可能性は排除できなかった。

だから、注意を促したのはこの俺だった。

その命令が各千人隊長、十人隊長にそれぞれ伝えられ、この兵士はただそれを忠実に履行していたのである。

「そうか」

間者なのか、それとも本当に難民が道を間違えただけなのか、正直それは見当がつかない部分だ。

だから、正しい道を教えてあげて駐屯地周辺には近づかないよう警告するのが最善策でありマニュアルだった。

「定められた手順で処理するように」

「はい、承知しました！」

兵士は喉が枯れるほどの声で返事をした。士気が高いのはいいが鼓膜が破れそうだ。

俺はそんなふうに何気《なにげ》なく見過ごしかけた。

兵士と話すある人物に気づくまでは。

驚きのあまり目をこすった。だが、どう見ても俺の知るあの人物だった。

待てよ。

なぜだ？

まずは今兵士と話している人物。

［グラム］

［年齢：55歳］

［武力：45］

［知力：81］

［指揮：70］

グラムという人物だった。目が行くのは知力だ。ただ者ではない。

こんな能力値を持つ者が一般難民だと？

［セリー］

［年齢：20歳］

［武力：11］

［知力：62］

［指揮：５０］

一緒に来たという娘も知力は悪くなかった。受け継いだ遺伝子からだろうか。
いや、そんなことはどうでもいい。
俺が驚愕したのはこのふたりのことではなかった。
もちろん、このふたりの正体も怪しいが、本当に驚いたのはこの父娘と一緒にいる男。
グラムという男が同行者だと紹介した男だ。

［フラン・バルデスカ］
［年齢：２８歳］
［武力：９０］
［知力：９６］
［指揮：９０］

この男がなぜ今ここにいるんだ！
辺りを見回してみたが他に供《とも》の存在はないようだった。彼の妹であるナルヤ十武将序列一位のメデリアンも、彼を逃亡させた家臣たちの姿も見えなかった。

なんなんだ、この状況は。

この男が何でこんなに堂々と、それもひとりでこんなところろにいるんだ？

一緒に来たグラムとセリーという同行の武力は酷《ひど》かった。

だから、バルデスカの警護員的存在とも思えない。

「あっちの道に出ろ！　また駐屯地周辺をうろつけば間者と判断して始末するからな！」

兵士たちは俺の命令通りに別の道を教えていた。

「ちょっと待て！」

俺はすぐに割り込んだ。

割り込むしかなかった。

システムがフラン・バルデスカだと言った以上、この人物はバルデスカ本人であることに間違いなかったのだ。

長髪の美形、ここでの美形とは男らしい姿をしているという意味だ。

中性的な顔ではなく、本当に男らしい魅力に溢れる外見。

最初は似た人物かと思ったが本人だった。

俺の最大の敵とも言える人物が目の前に、それも完全無防備の状態で現れるとは。

一体何を考えている？

「フラン・バルデスカ、久しぶりだな。いや、それほど久しぶりでもないか？」

俺がそう尋ねると、バルデスカは何の話だという顔で首をかしげた。

「何の話でしょう？」

「何を言ってるんだ、バルデスカ！　まさか自分の名前を忘れたとでも言うんじゃないだろうな？」

「申し訳ございません、本当に何のことだか……」

するとバルデスカはまたもや首をかしげてそう答えた。

「私のことをご存じで？　では、私についてぜひ教えていただけませんか！」

むしろ俺に向かって切実な顔でそんなことを頼んできた。

この今の状況は何なんだ。

つまり、記憶喪失ってことなのか？

「君は何者なんだ」

そこでひとまずグラムの正体を尋ねた。知力数値上、平凡な人物ではなさそうだったからだ。

「私は……ルナンの王都でセラオン伯爵家の支援を受けながら学問を研究していた者です。貴族のご子息の教育を任されたり……いろんな本を著述《ちょじゅつ》したりもしていました」

「学者ってことか？」

「はい。そんなところです」

学者か。

「もしかして、王都で誰か他に知っている貴族はいるか？　エルヒート閣下とか」

エルヒートの名前を訊いてみた。すると、グラムは嬉しそうな顔で答えた。

「エルヒート様でしたらよく存じています。学問研究に資金援助をしてくださいました」

彼の性格なら十分ありえる。

「では、あの青年の記憶のこともあるから、しばらくここに滞在した方が良さそうだ。ここにエルヒート閣下もいらっしゃる」

「本当ですか？」

グラムはかなり驚いた顔で答えた。

バルデスカは状況が読めていないようだったが、それが演技なのか本当に記憶がないのかは今すぐに判断する方法がなかった。

＊

エルヒートはやはりグラムのことを知っていた。

そうなるとこっちの身分は確かということ。もちろん、グラムの方がナルヤで長年潜り込ませておいた間者ならまた話は変わってくるが、そこまで疑うときりがない。

「あの青年は随分《ずいぶん》長い間私たちと一緒に旅をしてきましたが……戦争で頭を怪我《けが》したのか記憶がないようなんです。ルナン城の北側で発見されました。どこからか飛ばされてきた彼を私の娘が見つけて治療を施した後、隠れて療養させているうちに目を覚ましたので、ルナンの人たちが集まっているということでここまでやって来たのです」

まずはエルヒートと対面させてから彼に詳しい経緯を聞いた。

その話から考えると、バルデスカは宝具を使ってエイントリアン城から逃げたが、何か巨大なマナの陣が邪魔をして目標とした場所にたどり着けず、ルナン城北側の山中に不時着してしまったということになる。

ありえない話ではない。その過程で頭を怪我して記憶を失ったというのもありえる話だった。

だがしかし、ドラマでもあまりに出来過ぎだ。

正直、そうでもなければバルデスカがここに堂々と現れた理由は見当もつかなかった。

いや、待てよ。

ひとりで接近して俺を殺す、そういうことか？

軍隊の数は明らかで何か調べることがあるわけでもないから何とも妙な状況だ。

問題は彼を殺すこともできないということ。

前回も試みたが、今もジントがバルデスカを見るなり攻撃を仕掛けると、あの強力な護身のマナの陣が発動して武力を１０５まで上昇させた。

『防御の陣』というバルデスカ最大のマナスキルと見られる。

レベルを上げてそれ以上の武力になれば殺すことはできるだろうが、１０５まではまだ遠い。

もしくは追い出すか。それは勿体《もったい》ない。この機会にバルデスカという人物を知りたいと思っていた。

彼をここに置くのは危険だが、それ以上に好奇心が勝った。

正直なところ登用したい人材だ。

大陸の覇権には必要な人物だった。

それにチャンスがないわけでもない。ナルヤの王と彼の相性が悪く空回りすることになるという記憶があった。

危険ではあるが、だからと言って今は彼に命が奪われそうな状況でもない。

本当に記憶を失ったのであれば、むしろ今までナルヤに送っていないのも好都合だった。

まあ記憶を取り戻せば帰るだろうが、殺せないからと監禁しておくのも嫌だった。

記憶を取り戻した後、彼は俺のことをどう思うだろう。

「フラン・バルデスカか……」

セリーは不思議そうな顔でグラムに話しかけた。

「お父さん、あの方ってお父さんが色々教えてあげた人？」

「そうだ」

セリーの言う人はエルヒートだった。

彼女はグラムから何か教わった人が偉い人だったということが不思議だった。

そこで飛び跳ねた。

「やっぱり、お父さんはすごい……！」

「セリー、お父さんは少し話をしただけだ。大したことない」

セリーは好奇心旺盛な性格だったため、何でも知りたがって駐屯地をあちこち歩き回った。

そうして兵士に注意されては不機嫌な顔でグラムを見上げた。

「お父さん、先に幕舎に帰ってもいい？　少し休みたいな」

娘が顔をしかめてそう訊くとグラムは軽く周囲を見回した。

「目まいがするのか？　わかった。一緒に行こう」

グラムはセリーの手を引いた。

グラムは歩きながら駐屯地を評価した。厳格な軍紀。そして、兵士たちの目つき。

自分が見てきたルナンの軍隊とは何か色々違った。

節度があって上品に見えるというか。

さらに指揮官への忠誠度も格別だった。

しかも、指揮官だが正式にはエルヒートではなくエルヒンであることが驚きだった。

まあ、あれだけの人品《じんぴん》なら、こんな軍紀を作り出せるだろうとは思っていた。

人相をある程度見られるグラムにはエルヒンが相当能力のある人物に感じられた。

「お父さん、ここからはひとりで行けるわ。お父さんはあのエルヒートという貴族の方に会ってきて！　これからの私たちの生活について話してみるのよ。逃げ続けるわけにはいかないでしょ。学問だろうが何だろうが、これから生活して行けるかの問題だっていうのに。お父さんは……病弱で農業もできないから」

セリーがグラムの現実を指摘するようなことを言い放った。ごもっともな話ではあった。

「私も仕事を探してみる……」

戦争中に学問の研究をしろとお金をくれる人などいるはずもなかった。だから、セリーはかなり心配していた。

「そうか。そんなことは頼めないだろうけど、エルヒート様にはお会いしたい。会えるよう頼んでみるか」

「うんうん！　じゃあ私は先に幕舎に帰ってるね！」

セリーは元気に幕舎に向かって駆け出した。

実はめまいがするというのは嘘だった。

最初は兵士たちが集まる駐屯地が面白かったがそれも束の間。

同じ光景がつまらなくなった。

すると、ある人物が思い浮かんだ。

最近その人物をからかうことが一番の楽しみである彼女だった。

グラムをエルヒートの元へ迎わせたのも、目まいがすると言った以上一緒に幕舎へ帰ればじっと寝ていなければならないからだった。

だから、セリーは幕舎に帰らずバルデスカを探し回った。

駐屯地がある小高い丘の草むらに彼は座っていた。

セリーは直ちに隣へ行って座った。

「おじさん、何をこんなところでぼーっとしてるんですか？」

「おじさんじゃない」

バルデスカはセリーをぼんやり眺めてはすぐに彼女の言葉を否定した。

セリーはここまでの長い道のりの間バルデスカに好意を寄せていた。

自分ではまったく気づいていないが、こうしてグラムにも内緒で探し回っていること

がまさにそれを証明していた。

「もちろん、年老いたおじさんではないですけど。でも、お・じ・さ・んでしょ。ヒヒッ。28歳ですって？　私とは8歳差ですね。だから、私からすればおじさんです！」

「お前、20歳だったのか」

セリーは思わず口を塞《ふさ》いだ。

自分の年齢を隠していたのだった。

それなのに無意識に年齢を公表してしまったのだ。

「違いますけど？」

真顔で誤魔化そうとしたがすでに手遅れだった。

「自分の口でそう言ったじゃないか」

それにバルデスカは少し驚いた顔をしていた。

「もっと若いと思ってたけど……。やっぱり女ってのはわかんないな」

「そんなに幼く見えますか？　ありえない！　おじさんの目がおかしいんですよ！」

「うっ……」

バルデスカは家の中に閉じこもって兵法書とマナの陣ばかりを研究しながら生きてきたため恋愛とは縁のない男。

「よくわかんないけど幼く見られたら嬉しくないか？　後になって大きなメリットにな

ると聞いたことがある。それに可愛いからな……」

「え……？　可愛いですって？」

セリーは意外な言葉を聞いて顔が赤くなった。もちろん、バルデスカは自覚して言ったわけではない。

可愛いというのは事実だったから。

誉め言葉というよりもありのままを言っただけだ。

セリーは恥ずかしいのか顔を背けた。おかげでしばらくふたりの間には自然と沈黙が続いた。

しばらくうつむいて足を組んでいたセリーがそっと顔を上げた。

すごく静かだったから。

だが、バルデスカは勝手にまたひとり思索にふけていた。

私を前にして酷いと思いながら責めようとしたが、バルデスカの額に巻かれた包帯が急に目に入った。

そういえば、前から額の包帯が気になっていた。

彼女はそっとバルデスカの額に手を伸ばした。

バルデスカを最初に助けた時も、すでに額には包帯が巻かれている状態だった。そのため、土に埋った時に生じた負傷でもない。

「これはどうして怪我をしたんですか?」

好奇心いっぱいの質問。

バルデスカは驚いて近づいてくる彼女の手首を摑み、額から遠ざけた。

「わからない。思い出せないからな。ただ、悩むとつい額をどこかにぶつけてしまう習慣が私にはあるようだ。今もそうだ。額に包帯を巻いているのに、思わず額をぶつけたからな」

「えええ……変な癖! 血が出るほどって……! それにおじさんの話し方、ちょっと変ですよ」

その言葉にバルデスカは少し驚いて、手を口に当てた。

「何かにぶつけないと集中できないのなら、机なんかにぶつけないで、私の手のひらはどうですか? ほら!」

手のひらをパッと広げてバルデスカの額に当てたセリ。

バルデスカは彼女をじっと見つめた。

考えたこともない発想だった。

いくら考えても、床のほうがずっとよかった。手のひらにぶつけても、集中力が上がるとは思えないからだ。

しかし、純粋なセリーの笑いを含んだ手の動きに、バルデスカは途方に暮れていた。

バルデスカもまたとても純粋な男だった。

女の手を一度も握ったことなどない。

公爵というとてつもない権力にもかかわらず、ただ一生兵法書とマナの陣だけを研究した彼の特質のせいだった。

バルデスカが何も言わずにいると、セリーは我慢できないというように、自らバルデスカの額に手のひらを当てた。

「どうですか？　集中できますか？　手のひらでもいいでしょう？　ね？」

そう言いながら笑う少女。

バルデスカは戸惑《とまど》った。

―第5章― ルナン王国の滅亡

ケベル王国の派遣軍が南ルナンの王都に入るまで、どうせ待たなければならない。

ヘイナが思い通りに動いてくれた場合の話だが、とにかくその結果を見なければ。

それより今の問題は、むしろバルデスカだ。

彼を手に入れるための準備を事前にしておけばいいし、それが駄目ならナルヤに戻った彼と再び戦って勝てばいい。

気楽に考えることに決めた。

本当に記憶を失っていてもいなくても、その真意はわからないが、別に気にしないということだ。

彼を守るマナの陣のせいで、どうせすぐに殺すことはできない。

かといって、閉じ込めるのも嫌だ。

かっこ悪く見られたくなかった。非実理的なプライドだとしても。

後で彼を手に入れるための可能性をこのように排除するのは嫌だった。殺すことができないなら、いっそそのままにしておいたほうがよかった。

記憶を失ったからといって、性格まで変わることはないだろう。

だから、バルデスカという男の性格を把握する機会にしたかった。本当に切実に手に入れたくなったなら、バルデスカを得るための計略を練るかもしれない。

彼の登用のためには何でもしよう。

それはそれとして、俺はグラムとセリーを呼んだ。グラムの場合、ルナン出身の学者で能力が高いため、絶対に登用するつもりだった。

グラムとセリーが俺の宿舎を訪れた。セリーは少しもじもじしていた。

「入りたまえ。兵士たちの駐屯地《ちゅうとんち》に長く滞在させてすまない」

「いいえ、おかげでエルヒート様にもお会いできて、あの若者も自分のことを知ることができるのでよかったと思っています。しかし、あの若者はともかく、私たちは駐屯地にこれ以上留まっていても良いことはなさそうなので、立ち去るつもりですが……」

セリーはその言葉に眉を顰《ひそ》めた。何か気に入らない様子だった。

「お父さん、まだここを離れるのは……。あの人、まだ完全に治ってないのに」

ん？

どうやらバルデスカを相当気にしているようだった。見た限り、片思い？

それとも見当違いか？

いや、今重要なのはそれではない。

「ここを離れてどこで何をするつもりなんだ？」

俺が言ったことに父娘が互いを見た。特に何もなさそうだ。戦争中だから、学者として働き口を探すのが容易でないのは当然だ。

「学識豊かな人材は、我われも常に求めている。そこでだが……農業から始めて実生活に必要な研究をよくすると聞いたが、その研究を続ける気はないか？」

「それは本当ですか？」

やはり学者らしく、研究という言葉に目を光らせ始めた。学者たちは自分の研究分野に命をかけるからな。

「あっ、じゃあ賃金は……ちゃんとお支払いいただけますか？」

すると、隣にいたセリーが訊いてきた。

「当然だろう。最高の待遇をしよう。我われもそういう分野の学者が必要だからだな」

「エイントリアン領のことですよね？」

「そうだ」

そう、まだエイントリアン領と呼ばれている。早く国にしないと、不便で仕方ない。

「お父さん、お父さん！　すごいチャンスじゃん！　生活するのも大変なのに、研究までできるなんて！　私もできる限り助けるよ！　あ、それにその場合、今すぐここを出なくてもいいんですよね？」

「ああ。エイントリアンには一緒に帰ればいいからな」

すると、セリーはさらにうなずいてグラムを説得し始めた。もちろん、すでにグラムもかなり気になっている様子だから、登用はしやすそうに見えた。

問題はバルデスカだ。

＊

ケベル王国軍の総大将ルテカ・ミカルは、南ルナンに到着した。

総勢5万人もの大軍と一緒だった。

ルテカはプレネット公爵《こうしゃく》の右腕だ。

非常に慎重な人物で、プレネット公爵がこの計画を一任した。

ローネンはそんなルテカを大歓迎した。

ケベル王国軍が軍隊を送ってくれなかったら、生意気なエルヒンにすべてを任せなければならない。

それは気に入らなかった。

エルヒンは利用し続けるつもりだが、保険が必要だったのだ。

だから、ケベル王国とエルヒンを半分ずつ利用するつもりだった。ローネンの頭の中では、これが最善の方法だった。

「お会いできて光栄です、陛下。南ルナンの建国、おめでとうございます」

「めでたいと言うこともないだろう。最悪の状況なんだ。しかし、援軍を送ってくれた以上、ルナンの土地をそれぞれ分けることになるだろう。お互いに得るものを得る関係、いいだろう？」

「はい。だからケベル国王陛下も援軍を許可されました」

ケベル王は非常に実利的な人物で、もともとは軍を派遣するつもりはなかった。あえて南ルナンを助けても、得るものよりも失うものが大きいと考えたためだ。しかし、プレネット公爵の話を聞いて考えが変わった。初めから南ルナンの土地がただで手に入るなら、それを蹴飛ばすことは馬鹿のすることに違いなかった。

「そうか。よし……！　宴会を準備する！　おい、援軍のために盛大な宴《うたげ》を開くぞ！」

ローネンは大喜びでそう命令した。ルテカはすぐに眉を顰めた。侵略されて命からがら逃げ延びて建てた王国なのだから、今は兵糧《ひょうろう》をできるだけ節約しなければならない時のはず。

理解できない対応だったが、自分の兵士たちを腹一杯食べさせてくれるというのに、断る必要は全くない。

何はともあれ、減るのは他国の兵糧にすぎない。

「ありがとうございます、陛下」

ルテカはそう答えた。

この南ルナンの王都で何も起こらなければ、ケベル王国の北部に外敵が侵入したという口実で撤退するのが主な計画だった。

もし反乱が起きた場合、その反乱を目撃した兵士を追い出し、噂を作った後に動いて王都を封鎖。

南ルナンの首脳部を排除して南ルナンを簡単に手に入れろというのがプレネットの命令だったからだ。

何かが起きるのを待っているだけでいい。

「兵士たちを腹いっぱい食べさせてくれるのはありがたいです。ですが、いつどこからナルヤが攻めてくるかわかりません。ナルヤの前方展開のために援軍を要請されたのではないですか。それでしたら、宴会はお断りいたします。しっかりした頭で戦争に備えるのが武将の道理ではないでしょうか」

ルテカはそう言って自国の兵士たちには飲酒を禁止させた。

＊

ヘイナは南ルナンの王都の西側で駐屯地を設営しているエイントリアン軍を城門から眺めた。

「陛下はエルヒン伯爵《はくしゃく》に宮中来るようにおっしゃったのか？」

「はい。今日はもう遅いので、明日の朝、宮中に入るようです」

ヘイナは副官にうなずいてから振り向いた。

そしてローネンを訪ねた。

ローネンは相変わらず家臣たちを連れて自分に会った。いつもそうだ。

「ご苦労だった、ヘイナ」

「当然のことです」

「最近調子がいいな、ヘイナ。私を出迎えに来たこと、ケベル王国の援軍を得たこと、お前の知力には常に目をかけていたから、参謀にもさせたのではないか。失策もあったが、今のように働きさえすれば重用《ちょうよう》され続けるだろう」

「ありがとうございます、陛下」

ヘイナは頭を下げてそう答えた。未来のない南ルナンで重用されても仕方がないことだが。どうせ関係ないことだ。

ヘイナはそう思いながら立ち上がろうとした。

「そうだな、今のように働きを続けろ。お前の父親のように馬鹿なことはせずな。そうしてこそ家が再び輝くことができるだろう。わかったか？」

しかし、ローネンは余計なことを言い添えてしまった。その父を死なせた張本人がそんなことを言うのか。

あんなに惨《みじ》めに自殺させておいて。ただ殺したのなら、何も言わない。ローネンの失策のすべての責任を負わせて父を自殺に追い込んだ。

そのため、ローネンは何の被害もなく、ヘイナの家門はゴミ扱いされることになった。

ヘイナは唇を噛んだ。汚い言葉が漏《も》れ出《で》るのを辛うじて我慢した。

どうして自分はこんな人間を頼って家門を復興しようとしたのか。

――殿下に逆らうな、ヘイリ。それが私たち家門が再び蘇る道だ。

父が残した遺書を読みながら、それに従おうとした自分を罵《ののし》った。

公爵という地位。それが与える圧倒的な権力。もちろん恐ろしいことではあるが。

そんなことを平気で踏み越えてしまうエルヒンという人物の能力に嫉妬《しっと》していると、

ローネンなど何ほどでもないと感じられるようになったヘイナだった。

「わかりました、陛……下」

どうせもう最後だ。今は我慢しなければならない。

自分の領地軍を動かさなければならないから。

そして、歯を食いしばって一旦王宮を出た。

「お父さん、家門の最後は結局反逆者の烙印《らくいん》を押されますね。しかし、あの憎たらしいローネンは、必ずあの世へ連れて行くつもりです」

ヘイナは王宮を見ながらそう口にした。

日が暮れていた。

もうすぐ夜の帳《とばり》が下りる。

エルヒンが宮殿に到着する前に、すべてを始めなければならない。

朝までにすべてを終わらせなければならなかった。

「復讐《ふくしゅう》の対象をしっかり選ぶべきじゃないか？」

ヘイナは突然、エルヒンの言葉を思い出した。その言葉を聞いた時は、依然として復讐心はエルヒンに向けられていた。

どの道滅亡する南ルナンであり、自分の家だ。

その絶望のどん底でなければ、おそらく復讐心は依然として嫉妬の対象であるエルヒンに向かっていたかもしれない。

最後に決心した復讐心である。

ヘイナはそれが本当の復讐心なのだと勘違いした。

しかし、いずれにしてもこうなった以上、ローネンの滅びる姿を目の前で見て終わりにしようと決心し直しながら、ヘイナは自分の家臣たちを召集した。

「随分《ずいぶん》待たせたな、みんな。君たちの親も結局、私の父のように同じくローネンに殺られた。我が家門出身だという理由だけで。申しわけなかった」

「いいえ、閣下《かっか》。とにかく復讐できて光栄です」

ヘイナはルナンで計画を立てる時、ローネンへの復讐心のない家臣はすべて手放した。今一緒にいる者たちは、みんな自分と同じように恨みがある者たちだ。

「王宮の兵士の交代時間はいつだ？」

「今から二時間後です」

「ちょうどいいな。その時を狙って王宮に押し入る。盛大に反乱を起こすつもりだ。とてつもなく、盛大にな」

「わかりました、閣下」

「入るやいなや王宮に火をつける。油を用意することを忘れるな」

「はい、閣下！」

＊

「総大将！　総大将！」

城外に駐屯地を設営して大規模な兵営を作らせ、幕舎で座って消息を伺っていたルテカに、彼の家臣が駆けつけて叫んだ。

「ようやく、事が起こったのか？」

「はい、そうです。王宮で火の手が上がっています。ベルヒン領地軍が反乱を起こし、今王宮で戦闘が繰り広げられているそうです！」

「本当だったのか。家の復讐とはな。確かに重要なことではあるが」

「どう動きますか？」

「戦闘が王宮から城門まで広がるまで王宮への突入は待て。城の外に反乱に関する噂が広がるようにだ」

「わかりました」

「ただ、軍は今から動け。戦闘が城門まで広がったら、直ちに参戦して王都のすべての城門を封鎖する。あくまでも我われは反乱軍を鎮圧する名目で城内に入るのだ。そして素早く王宮に入り、王を討《う》つ。兵士たちを相手にする必要もない。もちろん、王宮の中でそれを目撃した兵士は皆殺《みなごろ》しにする。その後、王宮も封鎖する。王宮の外で戦うルナンの正規軍はそのまま放っておく」

王宮の中で起こること。

それは反乱軍の仕業であり、我われが行った時には遅すぎた。まあそんな話だ。

王宮と王都の城門。その間で繰り広げられる戦闘は知ったことではなかった。

ケベル王国軍には、ただ王宮に助けに行って王宮を封鎖したが、すでにルナンの王は死んだという話さえ広がればいい話だった。

その後は王がいなくなり分裂した南ルナン地域の安定のために駐屯するという名分で留まる。

計画は完璧だった。まあ、いつも計画は完璧だ。

重要なのは実行だけだ。

＊

うわぁぁっ！

王宮は混乱に陥っていた。あちこちで人々が息絶え、殺している。急襲にあった王宮内の兵士たちは当惑していた。

しかし、ベルヒン領地軍の数は非常に少なかった。

火の手が上がり、混乱が生じた直後にはベルヒン領地軍が有利だったが、まもなく数で押され始めた。

「ヘイナ、何をしておる？」

ローネンの家臣と兵士が取り囲む中で、ヘイナはただ数人の家臣たちとローネンを狙っていた。

「たったこれだけの人数で私を殺せると思ったのか？　いつも言っていたのに。お前の父親のようになるなと。結局こんな道を選ぶとは。情けないな、情けない」

「情けないのはあなたです。欲張りのローネン公爵殿下。私の父はあなたのせいで惨めに死んだ……当然やるべきことではないでしょうか？」

ヘイナはローネンを睨《にら》みつけてそう言った。

「プハハハハ！　そんな言葉は何か事を成《な》してから言うべきではないか？　一体今、お前は何を成し遂げたというんだ？」

ローネンはヘイナのことをあざ笑った。

しかし、ヘイナは笑った。

あざ笑っていたローネンよりも、さらに大きく笑い出した。

「アハハハハハ！　ハハハハハハハ！　ローネン公爵殿下。あなたに陛下と呼ばれる資格などありません！　これで終わりです」

ヘイナの笑い声と同時に。

ローネンとヘイナが対峙《たいじ》している外で悲鳴が上がり始めた。そして、その悲鳴は次第に近づいてきた。

するとヘイナは大笑いした。

ぐあぁぁっ！

まもなくケベル王国軍がヘイナの後ろに姿を現した。その先頭にいるのは、これといった装飾はないが、実用的に作られた甲冑《かっちゅう》を着たルテカだった。

彼の前で南ルナンの兵士たちが崩れ落ちているところだった。

「な、なんだこれは！　ルテカ伯爵、これはどういうことだ！」

すると、ローネンの前にいた家臣たちが大声で叫んだ。

「反乱軍を制圧しに来たのなら、今殺した兵士たちではない！　前にいるヘイナさえ殺せば……」

そう叫んでいた家臣も、襲い掛かってきたルテカの一撃で首が飛んでしまった。

「お、お前ら、何を……！」

ローネンも驚いてルテカに向かって叫んだが、彼は答えなかった。

ルテカが無慈悲に剣を振り回し続けたので、ローネンの家臣たちは仕方なく彼と戦うしかなかったが、ルテカの相手にはならなかった。

ケベル王国で五本の指に入る武将ルテカだ。

ローネンの家臣たちが勝てる相手ではなかった。ベルヒン領の家臣たちとは格が違っていたからだ。

ローネンの家臣たちは一瞬にして斃《たお》れた。

残ったのはローネンだけだった。周辺にいる兵士も、すべてルテカについて来た兵士たちによって鎮圧された。

もちろん、ヘイナもひとり残っている。

この場に残ったのは、ローネン、ヘイナ、そしてルテカとケベル王国軍だった。

「お前ら！　これはどういうことだ！　ケベル王国がこんなことをするとは。非難の対象になるのが怖くないというのか！」

「そんなことはありません、ローネン公爵殿下」

ヘイナはまだローネンを陛下と呼ばずに答えた。

「汚名はすべてベルヒン家が負うことになります。そうでもしなければ、あなたを殺すのは不可能でしたから」

「な、何だと……？」

ようやく現在の状況を把握したローネンは、後退し始めた。

「私に復讐するために国を売ったというのか！　そんな……天下の屑のような家が……！」

「国を売っただなんて。この国のどこに正統性があるんですか？　あなたが勝手に建てた国じゃないですか？　ここがルナンだったら、こんなことはできなかったかもしれませんが……あなたには王の資格がありません、公爵殿下」

ヘイナは首を横に振った。

「もういいだろう、ヘイナよ。君の復讐心は高く評価する。直接復讐する機会を与えよう。もちろん、君も生かしておくわけにはいかないが」

ルテカはそう言いながら後ろに退いた。ヘイナがローネンに復讐をした後は、ヘイナも殺すという意味だった。

反乱軍の首謀者が生きていては、ケベル王国軍の名分がなくなる。

ケベル王国軍が来た時にはすでにローネンが死んでいて、そのローネンを殺したヘイナを処分した。そのような流れにならなければならなかったからだ。

もちろんローネンとヘイナの両方を自分で処理することもできたが、ルテカはヘイナの気概を高く評価した。

そのため、自ら決着をつける機会をヘイナに与えてやったのだ。

「命など、奴隷商人を使ってエルヒン伯爵に手を出した時から捨てていました。フフフッ、ローネン公爵殿下、もう観念してください」

ローネンは背中を向けて逃げようとした。ヘイナはローネンの家臣たちに打ち勝つ武力はなかったが、ローネンよりは武力が優れていた。だから復讐を果たすことには何の問題もなかった。

ヘイナは最後まで醜いローネンの姿を見ながら、もう一度唇を嚙んだ。

「お父さん、こんな人をあんなに怖がっていたのですか。我が家は一体何に縛られていたのか……」

自嘲《じちょう》するように独り言を言いながら、ローネンの背後に迫り、彼の背中に剣を突き立てた。

「ぐ、ぐぅっ！　こいつ……絶対に……絶対に許さんぞ……」

恨みごとを言ったが、結局ローネンの身体は王宮の床に倒れた。そして、ローネンは再び立ち上がれなかった。息が切れたのだ。

その姿を見て、ヘイナは目を閉じた。

苦々しい人生だった。

家のことばかり考えて生きてきた人生だ。

本当に情けない人生の最期《さいご》だ。

そんな情けない最期にふさわしい人生を送ってきたのだから、不満はなかった。

どこから間違ったのか。

父の遺書を見たあの時から？

ヘイナは首を振って跪《ひざまず》いた。

ルテカはそんなヘイナに向かって、コッコッと歩を進めた。

「何か言い残すことはあるか？」

「そんなものがあったら、こんな復讐を計画しなかった」

ヘイナはそう答えると、ルテカは剣を高く持ち上げた。

「それは違うだろ」

「え？」

後ろから聞こえる声にヘイナは驚いて目を開け、ルテカもまた剣を持ち上げたまま後ろを振り返った。

一言の声も発せないまま死んでしまったケベル王国軍の兵士たちを背に、ひとりの男が歩いてきた。

「誰だ？　ベルヒン家の者か？」

ルテカが俺に向かって質《ただ》したが、特に答える気はなかった。今さら正体を明かしてどうするというのか。

すぐ死ぬ男に。

彼がヘイナを殺し、今回のことをケベル王国軍に有利に仕向けるように。

俺もやはり彼を生かしておく気はなかった。

外に駐屯している残存兵力はやむを得ないとしても、少なくとも王宮に入ってきた兵力を生かしておくわけにはいかなかった。

大通連を召喚した。

［ルテカ・ミカル］
［年齢：３６歳］
［武力：９１］
［知力：６５］
［指揮：８０］

ケベル王国はさすがにかなりの能力を持った武将を送ってきた。今回の事の重要性をきちんと認識していたのだろう。

だが能力はあっても、この武将は死ぬべき者だった。

大通連がルテカの剣とぶつかる。ルテカの武力は９１。ローネンの家臣たちは絶対に防げない数値だが、大通連の前では無力な存在だった。

カァーンッ！

剣と剣がぶつかる音が俺の耳に響いた。

大通連を使った［攻撃］コマンドの連打は、すぐにルテカの首を切り飛ばしてしまった。

彼の首級は空高く舞い上がった。そして、落ちて床に転がった。

首級はローネンの横に転がっていった。

「エルヒン！　これはどういうことだ？」

「どういうことって？」

ヘイナは膝をついたまま質問した。

「まさか私を直接殺しに来たの？　フフッ。まぁ……最終的にあなたに利用された無能な女なのだから……苦しめたというのもおかしい話ね？」

「何をそんなに自嘲的なことを言ってるんだ？」

俺は首を横に振った。無駄に自嘲的だ。今の俺の行動の意味はそうではないんだから。

「しかも、俺は君が何を言っているのか、さっぱりわからないんだが？」

「え？」

「俺は南ルナンのローネン陛下の命令を受け、援軍としてこの地に到着した。だが、南ルナンはケベル王国軍に襲撃されていた。援軍としてこの地に来たにもかかわらず、裏切って非道な仕業で南ルナンの王を殺害したケベル王国軍を俺は処分しに来ただけだ」

俺はそう言いながらヘイナに向かって歩いて行った。

「ケベル王国軍は卑怯にもベルヒン家が反乱を起こしたと嘘の喧伝をして王宮に入って王を殺し、すべてをベルヒン家に押し付けた後、南ルナンを得ようとした。違うか？」

「そ、それは……どういう！」

ヘイナは理解できないという顔で瞬《また》きだけして俺を見た。

「理解できないのか？　君ほどの人が？」

「いえ、それは……理解はできるわ」

「当然だ。事実を話しただけなのに。ヘイナは一番先にケベル王国軍を阻止《そし》して、こうなったんだ。だから俺の家臣になれ。家をまともに再興させたいならな」

「……」

ケベル王国。

何しろ彼らは南ルナンを奪いに来たのだ。

反乱軍だの何だのと騒いでも、結局真実はそれだった。だから、まあ話は変わらない。

裏切りに来たのはあくまでも事実だ。

その密約のことを言い立てても証拠もなく、自分たちもまた汚いことに携わったという告白に過ぎない。

むしろ彼らもまた、ルテカが勝手に起こした行動だとしらを切るだろう。

「私が生きてもいいと……？」

「生きろ。君の人生を生きるんだ。過ぎ去ったことはすべて忘れるから」

ルテカを失ったケベル王国軍が暴れるだろう。戦争の始まりだ。この南ルナンの土地を渡すわけにはいかないからな。

この後、土地を諦めて帰るとしても、ここの民だけは連れて帰らなければならない。

つまり、ひとまずケベル王国軍を撃退する必要があった。

援軍に来たと偽《いつわ》り南ルナンを手に入れようとしたケベル王国軍をな。

「君が生きてこそ家の名も生き残るんだ、ヘイナ」

「……フフフフ、フハハハ！　本当に……本当に、私はあなたの足元にも及ばないのね……。まさかそんな提案をされるだなんて夢にも思ってなかった。ハハハハハハハ！」

ヘイナはひとしきり笑って立ち上がった。

それから今度は俺の前に跪いた。

「もう傷つくプライドもないわ……こうなったからには、あなたについていきます！」

＊

次の懸念《けねん》はケベル王国。俺はバルデスカに攻略法を訊いてみた。

「ふむ……そうだ、君はどう思う？」

「ケベル王国というところが同盟を装《よそお》って入ってきて南ルナンを討つということですか？」

「そうだ。そうなった場合、最も迅速にケベル王国軍を倒すためには、どんな方法をとればいい？」

直裁的《ちょくさい》な質問に、バルデスカはただぼうっとした顔で首を横に振った。

「私はそんな戦略については存じ上げません」

「そんなはずはないと思うが？　記憶を失う前の君は、すごい戦略家だった」

俺の言葉に、バルデスカはもっとわからないという表情になった。

「どういう状況ですか？　ただ思いついたことを話すことはできると思います」

「簡単だ。我われの軍隊が到着する前に、ケベル王国は南ルナンを掌握《しょうあく》するだろう。それを防ぐ方法はあるだろうか？」

「そうですね。そんな方法はわかりません。しかし、掌握しようとするなら掌握させておいた方が良くないでしょうか？　そうしてこそケベル王国軍が南ルナンを手に入れようとする野心があったということが世の中に知れ渡ります」

「まぁ、それはそうだな」

やはり。

適当に言ったが、この男は核心を正確に言い当てていた。

「むしろその後で王都を取り戻す、より効果的な方法を探したほうが早いのではないかと思いますが」

「ああ、何か方法があるのか？」

「私は敵を騙すべきだと思います。例えばこの城を取り囲んでも、攻撃はする必要がありません。その後は敵の心理を逆に利用して、思うように動かす必要があります。こんな戦争、二日もあれば十分でしょう」

「心理戦か。ひょっとして、こういうつもりか？」

俺は自分の思ったことを彼に話した。

すると、バルデスカが再び答えた。

「それもいいですが、こういう罠のほうがいいでしょう」

「ほう、それならそうした後、もう一度それを使ったほうがいいな」

そうだ。こうすれば、完璧な戦略が誕生する。

互いの考えが一致し、その件が補完されると、より大きな戦略が誕生する。

「なるほど。そうだと思います」

バルデスカも大きくうなずいた。

やはり優秀な人材だった。再び敵になるのは頭が痛いほどに。

いっそのこと、何とか殺す方法を探すべきか？

いや。

このような男を自分の味方にできれば、それこそゲームを攻略する以上の快感があるはずだ。

そういう挑戦。

やってみたくなるのは仕方がなかった。

たとえ記憶を取り戻した後、関羽を送る曹操のようになっても。

とにかく曹操は、おかげで命拾いをした。

赤壁の戦いで敗れ、逃げる曹操を生かすことになったのが関羽だったから。

人を惜しんだだけだから、非難されることではないだろう。

＊

総大将を失ったケベル王国軍は右往左往し、最終的に南ルナンを占領すること選択をした。総大将の最後の命令が「王都を速やかに占領せよ」ということだったからだ。

ここでもし他の判断、例えばそのまま撤退してケベル王国に戻ったとすれば、彼らに南ルナンを奪おうという野心がなかった証明になるかもしれなかったが。

ルテカの最後の命令は、結局彼らの足を引っ張ることになった。

南ルナンを裏切ったケベル土国軍に対して、エイントリアンの兵士たちは怒りを禁じ得なかった。


[エイントリアン軍の士気が100になりました]

その怒りは士気に表れた。

バルデスカの戦略まで加わり、南ルナンの鎮圧は一日も経たないうちに実現した。

そして、総大将を失って愚かな判断をしたケベル王国軍の後退が始まった。

うおぉぉぉぉぉぉぉっ！

エイントリアン兵士たちの士気は天を衝《つ》く勢いだった。

そして、しばらくケベルに抑圧された南ルナンの民たちも歓呼しながら俺を迎えた。

彼らにとって俺は救いに来た援軍であり、復讐してくれた恩人だった。

そのため、俺に対する彼らの気持ちは99に上っていた。

南ルナン地域の成功的な征服だったからだ。

もちろん、ナルヤとケベルに挟まれてやられることになるこの地域に、軍を残すつもりはなかった。

生き残った南ルナンの兵士と民を連れて、我われの土地に帰るつもりだった。

望みのうち、一つを得たが。

まさにこの結果によって、本当に得なければならないものがもう一つあったのだから。

それはエルヒートだった。

彼を完全に「自分の家臣」にするための分岐点。

まさにそれがこの地点だから。

＊

「……殿下。結局こうなりましたな」

エルヒートはローネンを自分の手で埋め、彼の墓前に跪いていた。さまざまな思いに耽っていた。

主人として一生仕えるはずだった人だ。

しかし、その主人にはいくつか傷があることがわかった。

特に王都を捨てて逃げたという知らせを聞いた時、関門を命がけで守ろうとしたエルヒートにとっては、決定的な裏切りに感じられた。

それにもかかわらず、これといった憤《いきどお》りの素振りを見せなかった。

そんな複雑な思いのある主人の最期を迎え、エルヒートはただ複雑な気持ちで首を横に振った。

「閣下、すでにローネン殿下はデマシン家を見捨てたではないですか。それも二度も」

その姿を見ていられなかったエルヒートの家臣たちがそのように直言したが。

「いいんだ。それでも主人は主人だ」

エルヒートは鋭い目つきでこう答えるだけだった。

結局、エルヒートが立ち上がるまで、家臣たちは無言でじっとしているしかない。

そうしてしばらくして立ち上がったエルヒートは、南ルナンを一度見渡した。

「民たちは無事のようで良かったな」

「そうですね。それは良かったです」

「この民を抱く者は別にいるからな」

「閣下？」

エルヒートの妙な独り言に、家臣たちが互いを見ながら訊き返した。しかし、エルヒートは他の言葉を口にしなかった。

実際、エルヒートは一つ悩んでいた。

ルナンはこれで確実に滅びた。

それゆえ、ルナンの武将だった自分もまた終わったと思った。

武将としての人生がだ。

それなら、引退すべき時なのだろう。

自分の領地も、ナルヤの手に渡った。残ったものは何もないので、ただ普通の人として生きていくのはどうかと考えていた。

「引退するとなると……お前たちは俺に付いて来る必要がない。だが……できるならばエイントリアン伯爵を、彼を助けてほしい」

「はい？」

「閣下！　突然それはどういうことですか！」

その爆弾発言に、家臣たちは驚きのあまり目を丸くして叫んだ。

＊

「エルヒート閣下、どこにいたんですか？」

「俺を探してたと聞いたが」

「はい。どこにいるのかわからなかったので、探してくれと言いました」

「殿下とお別れしてきた。はぁ。複雑な気分だ。お茶を一杯くれないか？」

「もちろんです」

エルヒートをテーブルに招いた。彼の顔色はかなり悪かった。さまざまな考えに耽っている顔だ。

悩みが深そうだった。

もちろん、俺も悩みが多い状況だけど。

この男を説得しなければならない立場としてのことだ。

「実はな」

お茶を少し飲んだあと、エルヒートは深刻な顔で口を開いた。

「やはり君は王になるつもりか？　君は絶対に伯爵にとどまる器ではないと思っていた。民心を操ることができるその能力。それこそ帝王の資格ではないかと思う」

「それは……」

突然の的を射た質問に言葉を失ったが、避けることはできなかった。

本当に得ようとする人物に隠しごとがあっては、堂々とすることはできない。

「そうです。ルナンの滅亡は残念ですが、私もまたエイントリアンの末裔《まつえい》。長い間、家門の宿願であった古代王国を復活させるべく動こうと思います。閣下」

「古代王国か。そうだな、君はまさにそのエイントリアンの末裔だった」

「それと……別件ですが、一つ申し上げることがあります」

ルナンをわざと滅ぼしたとは言えない。しかし、少なくともローネンの問題だけは堂々としていたかった。

「別件？　それは何だ？」

「ローネン公爵殿下が好きではありませんでした。奴隷商人の件で、さらに嫌いになりました。実はこのたびのことは……心から彼を救うつもりはありませんでした」

俺は民心のために今回のことを利用したという部分を率直に話した。特にエルヒートとローネンの関係を考えると、この陰謀を語らずには絶対に正しい関係にはなれないからだった。

「ほう……そうだったのか」

「しかし、南ルナンの民に迷惑をかけるつもりは一切なかったんです、閣下。これは本当です」

「それは知っているさ。それなら俺も率直に言おう。実は、引退を考えている。武将としての人生は、ルナンの滅亡とともに終わったのではないかと」

「え？　まさか私が今申し上げたせいでですか？」

「いや、それとは関係ない。どうせルナンは滅びたし、救う方法がなかったのは君と一緒にいた俺が一番よく知っていることだ。ローネン殿下と君の関係を思えば、君が殿下を嫌うのも十分に理解できる。だから、そのせいじゃないんだ。君がすごい器だということも知っている。ルナンの民をよく守ってくれるだろう……。税金免除の件を見ても、俺は君に感嘆《かんたん》したんだ」

いや、それならなぜ引退を考えるんだ。それは絶対にいけない話だった。

エルヒートを獲得しようと、どれほど段階を踏んで努力をしてきたか。

「本当に引退を決心したのですか？」

「そのつもりだ。領地もないから貴族でもなくなったし、ただの田舎者になろうかとも考えている」

いや、それはあり得ない。

この男ほど戦場が似合い、戦場で輝かなければならない存在がどこにいるというのか。

まさに真の武将という言葉にふさわしい人だ。

俺のようなただ利益だけを求めて動くゲームのプレーヤーとは違って。

「閣下」

向こうから先に何か言い出すのを待っていたが、それは愚かな考えだったのか？

人材を得るために、得ようとする側が消極的ではいけないようだ。

確かに、劉備《りゅうび》も諸葛亮《しょかつりょう》を得るために三顧《さんこ》の礼《れい》までしたじゃないか。会うやいなや切実に自分の味方になってくれと頼んで。

その切実さが諸葛亮を動かし、諸葛亮は一生劉備とその息子に仕えた。

一生涯にわたって。

すでに手遅れではないかと思ったが、俺は彼の前で頭を下げた。

「エイントリアンの武将になってくれませんか？　引退はあまりにも早すぎます！　私の下に入ることはプライドが傷つくかもしれませんが……このエルヒン・エイントリアン。古代王国エイントリアンの末裔として、大陸の戦乱を収めるためには、どうしても閣下の力が必要です。閣下ほどの武将は他にいません。ナルヤの十武将？　彼らはただ武力が高いだけです。戦場で至純至高に輝く真の武将は、私がこれまで見聞きした限り、閣下だけがその資格をお持ちだと思います」

「……」

しかし、エルヒートからは何の返事もなかった。

ただ俺を見つめた。穴の開くほど。

一旦、再び言葉を続けた。まだ言いたかったことを全部言えていなかったからだ。

引退するとしても、こうなった以上、最後まで言うべきことは言ってこそ後悔もないだろう。

「エイントリアンの家臣になってくださいませんか？　閣下の力が必要なのです！」

するると、どんでん返しが起こった。

エルヒートがぱっと立ち上がり、俺の手を握ったのだ。非常に素早い行動だった。

「それは、それは本当か！」

「もちろん、本当ですが……」

「……俺は君が俺を必要としていないと思っていた。だから引退を決心したんだ！」

「え？」

エルヒートは突拍子《とっぴょうし》もないことを言い出した。

「それはどういう意味ですか。誰よりもエルヒート閣下が必要です。むしろ、慎重になりすぎて言い出せませんでした。その、閣下とローネン殿下の関係を考えると……」

エルヒートはすぐに首を横に振った。

「殿下との関係は別問題だ。すでに尊敬する心を失った関係さ。ただ礼遇しただけだ。だからつまり、君は俺が必要だということだろう？」

「もちろんです」

「クハハハハハハハハ！　こんな日はお茶を飲んでいる場合じゃないぞ！　おい！　すぐに酒を持って来い！　酒を！」

エルヒートは子どものように大喜びしながら叫び始めた。まるで適応できない状況だった。

「閣下？」

「俺が必要なら、いくらでも力になってやろう。君の家臣になるということだ！　私、エルヒート・デマシンは一生を捧げ、エイントリアンに仕える。古代王国の末裔ということは、素晴らしいことじゃないか！　それにその主人が世の中の民を守ることができる君なら、むしろ望ましい！」

　こんなに簡単なことだったのか？

「いや、違うな。もうこうやって気軽に話したらいけないな」

エルヒートはそう言って姿勢を正すと、俺の前で頭を下げた。

「エルヒート・デマシンは、今日から死ぬまでエイトリアンに仕えて従います！」

その姿を見て、頭が痛くなってきた。

もっと早く提案すべきだったという意味になるからだ。

見たところ、俺が他の人物にこんな提案をしても自分に対してはしないので、エルヒートは少し拗ねた感じだったということか？

＊

残ったのはバルデスカの問題だった。

もちろん、このバルデスカはエルヒートとは違い、すぐに登用できる方法がない人物だ。

「お呼びですか？」

「君について話したいと思って呼んだんだ。俺たちは撤収する予定だから、君も家に帰れるようにしてやるべきだろう？」

「それは本当ですか？」

「ああ。相変らず思い出したことはないか？」

「はい。全くありません」

バルデスカが自嘲気味に言った。もどかしそうな口調だ。

「君の名前はフラン・バルデスカ。ナルヤの公爵であり、マナの陣を使うことができる天才であり、俺の敵でもある。大陸で最も恐ろしい戦略家でもあるな」

「そうですか。それなら……気になることが二つあります」

訊きたがっていたことを話したが、バルデスカは落ち着いていた。

しかも気になることがあるだと？

「それは何だ？」

「敵なのに、どうして解放してくれるのですか？」

それは結構悩んだが、やはり手放そうという結論を下したからだ。

「君を戦場で捕まえたならともかく、自分の足でやって来たのに捕まえておくのは、それは本当の勝利だと言えるのか？　記憶を取り戻せば、必ずまた戦場で会うことになるだろうし、その時こそ捕虜《ほりよ》にする。忌々しいテレポートをできなくしてな。もちろん君の戦略は認める。古代王国の遺構を利用していなかったら、俺に勝利はなかっただろう。次の戦いの勝敗は本当にわからない。だが、だからこそ勝敗は戦場で決めないとな」

俺の言葉に、バルデスカは何だか自嘲気味に笑った。

「それでは、残りの一つをお尋ねしますが」

自嘲気味な笑いはいつの間にか消え、バルデスカは非常に真面目な顔になって訊いた。

記憶を失った青年が見せるぼうっとした顔ではなく、戦略家の顔になって。

「戦争で最も重要なことは何だと思いますか？」

＊

人生でこれほど自分に敗北感を味あわせた人がいただろうか。

家臣たちが自分を避難させた時、バルデスカはまるで人形のように何もできなかった。

惨めさが全身を支配し、敗北感は脳を支配した。

マナの陣はだんだん強い光を放ちながら大地震を拡大させた。

テレポート。

古代文明の精髄が詰まった宝具。

バルデスカに伝わる宝具の中で最も特別なもの。

地中では赤い火炎が燃え上がり、その火炎が目と鼻の先まで迫った時、家臣たちが宝具を発動させ、バルデスカの記憶は途絶えてしまった。

しかし、宝具も結局マナの陣で動く。巨大なマナの陣の影響で、宝具は完全に機能しなかった。

バルデスカはルナン王都の北側で目を覚ました。

目が覚めた時、なぜか何も思い出せなかった。

「君、大丈夫か？」

「お父さん、お水！　お水をちょうだい！」

そんな彼を見つけて面倒を見てくれた父娘がいた。グラムとセリーだった。

バルデスカにとっては恩人たちだった。戦乱の中でだ。

しかも、バルデスカは自分がかなり長い間昏睡状態に陥っていたという話を耳にした。

おかげで父娘はタイミング良く避難できず、山に隠れているところだというから、なおさら申し訳ない気持ちになるしかなかった。

「ううん。賊に追われていたんですけど、おじさんが突然空から落ちてきて、しかもすごい爆発を起こして、賊が全員死んじゃったんです！　命の恩人なので、目覚めるまで面倒を見るのは当然ですよ！」

「そ、そうか？」

「はい、その通りです。ですから、感謝していただく必要はありません。それより空から落ちてきたあの現象は、きっとマナの陣と関連があったようですが……地面に落ちた時、しばらくマナの陣が現れてたんです」

グラムはマナの陣についても多くの研究をしてきた。もちろん、マナの陣が専門でもなく、使えるわけでもない。彼の研究は、古代王国とマナの陣の関連性という歴史学的な部分だった。

そのおかげでマナの陣だと見抜くことができたのだ。

「そうなんですか？」

バルデスカは頭を掻くしかできなかった。

「目が覚めたので、旅立ちたいと思います。南ルナンという国ができたのですが、知り合いの貴族の方がそちらに行かれた可能性があるので、一度訪ねてみようかと思いまして」

そう言うグラム父娘と共に旅が始まった。

バルデスカの状態は徐々に良くなった。

父娘には隠していたが、記憶は徐々に回復してきた。敗北という精神的なショックとマナの陣の干渉により、身体に受けたマナの影響が脳に影響して記憶が戻らなかったが、目覚めると少しずつ回復し始めたのだ。

記憶を全部取り戻した時は、南ルナンの辺りだった。

そこでバルデスカはエイントリアンの旗を見かけた。

「あれは……」

その瞬間、またもや敗北感が押し寄せてきた。強烈な敗北感が。

しかし、同時に他の感情も生まれた。

「本当に申し訳ありませんが、しばらくあちらに寄りたいのですが、よろしいでしょうか？」

バルデスカは、旗がはためくエイントリアン軍の駐屯地を指さして言った。

「軍の駐屯地に？　危なくないか？」

バルデスカは心の中で笑った。

これが天の導きなら、会ってみたかった。

戦場以外であの男に会ってみたくなったのだ。

そうしてバルデスカの駐屯地生活が始まった。演技するのは難しかったが、そのうちただぼんやり何かを考えていればよいと気づいた。

ぼうっとしていることは悩みが多いときに自然に出てくる習慣なので、そのような演技は難しくなかった。

そんな中、エルヒンがバルデスカに戦略を尋ねてきた。

バルデスカは少し躊躇《ためら》った。もしかして、自分が記憶を失った演技をしていることに気づいたのではないかという気がした。

しかし、今さらそれがどうしたという気もした。

そして、この男と戦略を論じてみたいという気持ちが確かにあった。

どれほど優れた戦略を使うのだろう。

どれほど上手く兵士を利用するのだろう。

自分が見通した一手先を越えて二手先を見通す慧眼《けいがん》があまりにも気になるバルデスカだった。

だからこそ、こんなに厚かましく潜入したのではないのか。

そして、それは楽しみとして近づいてきた。

彼と戦略を論じることはなかなか楽しかった。足りない考えを互いに補《おぎな》うきっかけが作られたのだ。

バルデスカとエルヒンが手を組んだのだから、ケベル王国軍は何もできず、一方的にやられるしかなかった。

楽しい経験だった。

しかし、何にでも終わりはあるものだ。帰る時が近づいていることを直感すると、エルヒンも自分を呼んだ。

彼は自分の正体を明かして、帰ることを勧めた。

やはり、内心笑ってしまった。

この男を認めるという笑いだ。そうなればなるほど、勝ちたいという欲望が湧く笑いでもあった。

ただこの状態で記憶を失ったということを演技したまま帰ったほうが、後のためにもずっと良かっただろう。

しかし、嘘がバレても絶対に訊きたいことがあった。

ずっと気になっていたことが一つあったからだ。

バルデスカはエルヒンがロゼルンの救出に向かっている間にエイントリアン領を訪れた。最終的に軍を動かすことを諦めた彼は、むしろロゼルンに移動した。

一体何をしようとしているのか強い好奇心が彼を動かしたのだ。

もちろん、彼の使った戦略についてはすごいと思っていたが。

気になっているわけではない。理解はできた。自分にも同じようにできるかと訊かれたら、それはわからないが。

ただ、絶対に理解できない部分があった。

バルデスカはそのことがあまりにも気になっていた。

「戦争で最も重要なことは何だと思いますか？」

「当然それは民心だ」

バルデスカの質問にエルヒンは即答した。しかし、本当に知りたいことはこれではない。これは本当の質問につながる口実に過ぎなかった。

「それでは、ロゼルンでの行動について説明していただけますか？」

その言葉は、すなわち自分の嘘を明らかにすることに他ならなかった。記憶が完全に戻っているということを。

しかし、そんなことよりも重要な質問だった。

真剣な話を切り出したのは、エルヒンが先だったからだ。

「どの行動のことだ？」

やはり器の違う男だという気がした。欺《あざむ》いていたということに気付かせる質問なのに、まったく平気で質問にだけ集中していたからだ。

「ブリジトの虐殺で死んだ城内のロゼルンの国民を埋めたことです。いくら死体の悪臭が酷《ひど》くても、兵士たちは城の外で休ませればいいのです。疲れている兵士に、あえてそんな命令をする必要はありますか？　それも、死体は他国の国民ではないですか」

ブリジトを追撃しながら、彼らが犯した虐殺の痕跡を見るたびに、この男は疲れた兵士たちに命じて死体を埋葬した。

それは戦後に整備する際にロゼルンがすればいいことだった。それでもエルヒンはそのように行動し、バルデスカはそれが全く理解できなかった。

「国民がいない国は何の役にも立たない国。つまり、それは国と民は同じだということだ。この大陸を統一するのもそうだ。それは民がついてきてはじめて可能なことだ。そうでなければ、仮に勝者となってもすぐに崩れてしまう」

しかし、やはり疑問は消えていない。そのためバルデスカは再び尋ねた。

「それが死んでしまった他国の国民と何の関係がありますか？　自国民でないのに、そんな必要はありません。むしろ自国の兵士を気遣うことが本当の王だと思いますが」

「まあ一般的にはそうだろう。しかし、俺がした行動は、死んだ国民のための行動ではなかった」

「え？」

理解できない言葉に、バルデスカは眉を顰めた。理解できないことにぶつかったとき、彼はいつも頭を固いものにぶつけていた。しかし、今はそうすることもできず、さらにもどかしかった。

「都市の中の人はみんな死んだが、城の外の数多くの村をすべて処理する時間はなかった。彼らは近くの山奥に入って、しっかり隠れている。戦争が終わったことを知れば再び出てくるだろう。死体の埋葬をしないと、山にいる人たちがこの悲惨《ひさん》な場面を見ることになる。言葉で虐殺があったことを聞くのと、目で見るのとは全然違う。もし民衆がこの場面を見たら、彼らは考えるだろう。ロゼルンは自分たちを守ることができなかったゴミのような国だと。そんな考えを誰もが思い浮かべるはずだ」

「他国のことなので、むしろごたごたが起きればいいのではないですか？　しかも、それを阻止してくれたのがルナンなら」

「それはそれぞれの事情次第だ。しかもルナン王国という名の好感度を高める必要はなかった。『ルナン王国』という名前をな」

え？

その瞬間、バルデスカは雷に打たれたような気分になった。

「ロゼルンの生き残った国民はそこで生き続けなければならない。ロゼルンが滅亡したのではないからな。生き続けなければならない人々の心に、大きな傷をつける必要はない。あちこちに散らばっている残酷な死体を見ながら浮かぶ考えは、国の発展に全く役に立たない。大陸統一を論じる者なら、ロゼルンの国民もいつでも自分の国民になることを考えるべきではないか？」

散らばっている死体を見て、そこまで考えたと？

「そして記憶が完全な君をそのままにしてあげるつもりなのもまた、いつか君が俺の味方になるかもしれないからだ。君と俺が手を組めば、負けることなんてないだろう？」

バルデスカは一瞬呆気に取られた。またもや一発殴られたような気分だった。会話をしながら二度も後頭部を殴られたような気がするなんて。

このすべての会話の核心は、国民でも何でもなかった。自分との会話を利用して、結局自分のしたい質問を引き出すとは。

笑いたかった。同時に泣きたくもあった。

大胆にも、このフラン・バルデスカを引き抜こうというのか。ナルヤがまだ健在で、しかし、驚くべきことにバルデスカの中に好奇心が芽生《めば》えた。

ナルヤの王は元気なのに？

自分に生じる好奇心を抑えようとしても、その好奇心が抑えきれなかった。

なるほど。

自分が仕える王とこの男のうち、真の帝王は誰なのか。

まさにその好奇心が強く燃え上がったのだ。

民衆を大切に思う君主は歴史上多かった。

しかし、それが大陸統一をもたらすだろうか？

バルデスカは違うと思った。

慈愛に満ちたことは、時として最悪の弱点だ。

大陸の統一を論ずるならだ。

この男は反対だった。

自分が見てきたエルヒン・エイントリアンは、単に民衆を大切にする君主ではない。

影で民衆を操って何とか自分に従わせる人物。

すなわち、民心を操ることができる人物だった。

ケベル王国を利用した今回の戦略を見てもそうだった。

だからこそ恐ろしい人物だった。

しかし、だからこそ偉大だった。

「私にはすでに主人がいます。その方も帝王の器だと思います。あなたとは、必ず決着をつけたいです。まあ、すでに三度も負けましたけどね」

第一次ルナン戦争。

そして、エイントリアン領での大敗。

最後に今の会話。

この会話でも、バルデスカは自分が負けたと思った。

だから三度の敗北だった。

こうなると、一度ぐらいは必ず勝ってみたかった。

その敵が強大だからこそ、だ。

＊
得たものもあるし、結局は失ったものもある。

いや、バルデスカの場合は元々自分のものではなかったから、失ったと表現するのは違うか？

今すぐには得られない人材だ。手放すのは惜しかったが、結局このすべてのことが後のための布石なら、少しは成果が出てほしいと願うほかなかった。

苦い気持ちを後にして、ヘィナとエルヒートを登用して、また南ルナンの兵士たちと国民を連れてブリンヒルに帰った。

南ルナンの人口が合わさると、人口はさらに増えた。

総人口数は202万。

総兵力数は8万2千人になった。

まだ徴兵《ちょうへい》をしていないので、徴兵の限度までは余裕が残っている。

兵力の養成にもう少し余裕があったが、すぐには実行しなかった。

農地の開発がもう少し先だったからだ。

農業の活性化。

それがまさに国家の兵糧であり、資金になることだ。

新たに合流した南ルナンの民心は、むしろ全領地の平均的な民心より高かった。そのため、現在の全地域の民心は［88］となった。

南ルナンの滅亡により、もはや建国のための足枷《あしかせ》はなくなった。

領地の連合体という極めて曖昧なポジションから脱し、一つの国家の建設が目前に迫った。

「セレナ」

「はい、エルヒン様！」

その前にセレナを呼んだ。

家臣たちの意思を知りたかったからだ。反対する人がいるとは思わないが、もし違う考えの人がいたら、その理由を知るべきだったからだ。

彼女ならエイントリアンの家臣になったばかりで、まだ何か職責を担っているわけではなかった。だから利害関係なく意見を訊くことができた。

いずれにせよ、もうすぐみんな貴族になるだろうが、今のところはまだ少ししこりがあった。

また彼女の魅力値は、答えを肯定的に引き出すのに役立つだろう。

「ちょっと頼みがある」

「いいですよ！　その頼みが何でも、命を捧げます！」

「いや、命まで捧げることはないが……」

セレナは目を輝かせながら手を組んだ。あまりの勢いで、後ずさりするほどだった。

＊

このようなことは、真っ先に家臣になった側から問わなければならない。

どうせみんな建国貴族になるだろう。だからセレナはこちらが最も公平だと思った。

彼女が真っ先に会ったのは、ハディンだった。

当然王位につくべきだという答えを聞き、セレナはベンテを訪ねた。

セレナとふたりだけで面談した時、ベンテはセレナと目を合わせることができなかった。

彼の目線は宙をさまよった。

顔が真っ赤になり、どうしていいかわからない様子がベンテらしくなかった。

「ふたりで話すのは初めてですね」

「はい？　はい、はい！」

ベンテは三度も答えながら頭を掻いた。指が自然に後頭部を掻いた。目は相変わらずセレナの顔ではなく、何の関係もないテーブルの方に向けられていた。

ベンテはセレナの美貌《びぼう》に魅了されてチラチラと見るだけで、まっすぐに目を向けることもできず、狼狽《うろた》えていた。下心のようなものではなかった。ただ純粋に圧倒されたという感じというか。

「一つ訊きたいことがあって、お呼びしました」

そんなベンテにセレナが本論を持ち出した。

「え、何ですか？　いくらでも訊いてください。ハハハ！」

「エルヒン様が王になることについて、どう思いますか？　ベンテ様はエルヒン様を天として尽くす準備ができていますか？　王は天も同然ですからね」

セレナの質問に、ベンテは目を瞬《またた》かせた。

だしぬけにスケールの大きい話をされてもじもじしていたが、彼の答えは決まっていた。

まもなくベンテの口が開いた。

「私は馬鹿です。しかし、これ一つだけは絶対に変わりません。閣下が私のような者を見出して重用してくれた時から、すでに主人は閣下だけ。その名称が閣下になっても殿下になっても、変わることはありません！」

「そうですか？」

ベンテは強くうなずいた。

セレナは微笑んだ。

そうして考えた。

もう作り笑いはしなくてもいいと言ったけれど。

いや。今は、確かに作り笑いではなかった。

やはり自分と父親が好きだった物語の主人公らしかった。

ベンテと別れた後、セレナが次に会ったのはユセンだった。

彼女が知る中で最も重要な人物であり、多くの功績を残した男だった。

彼もまた尊敬する人だった。

「突然お呼びしてすみません」

「いいえ……。それより、ルァランズのことは本当に残念でした」

見せ掛けではなく、本気でそう思っているのがセレナにも感じられた。

ありがたくなったセレナが、自分も慌てて頭を下げる。

「ありがとうございます。もう忘れたので、大丈夫ですよ」

「そうですか」

「それより今日は、大事な話があります。エルヒン様がこれから王位に就くべきだと思いますが……ユセン様はどうお考えですか？」

「それは当然の流れでしょう。いつか閣下がこんなことをおっしゃいました。最高になると。そして、ついてきてくれた部下たちもみんな最高にしてやると。それを聞いて、私はここまでついてきて閣下に従っているのです。その意志を受けて、最高になるために、そして私に従ってくれた部下たちもみんな最高にしてあげるためにです」

「そんなことをおっしゃっていたのですか？」

ユセンは微笑んでうなずいた。

そして、一言付け加えた。

「だから、私の答えは一つです」

「私も同じです」

ユセンと一緒にいたギブンもそう答えた。

セレナは再び笑った。今回もやはり嬉しかった。

エルヒンはセレナに偽りの笑みを浮かべるなと言ったが、エイントリアンに来てからはその必要はなくなった。

ただ、心から笑みがこぼれた。

偽りの人生を生きたルアランズとは違って。

嬉しい理由は一つだ。

自分に尊敬する気持ちを抱かせたように。

あの人は部下からも一様に慕われていた。

自分の偶像は、やはりみんなの偶像だ。

その次にセレナが訪れたのはジントだった。いや、ジントを探そうとしたが、引き返した。

彼女の頭の中にいるジントは、他の言葉を必要としない男だ。

それでもとりあえず任務は完遂しなければならなかったが、そのためにはむしろジントよりはミリネに会った方が良いと判断した。

「セレナさん！」

ミリネはそんなセレナに向かって走ってきた。

「ミリネ、突然来てごめんね。忙しいでしょう？」

ミリネはいろんな本を開いて悩んでいた。

「ううん。こっち、うわっ！」

そして、本の山が崩れて床に散らばった。足の踏み場もなくなってしまった。

「えへへ、ごめん……こっちはダメね。あっちへ行こう」

ミリネは頭を掻きながらセレナの手を取って外に出た。建物の外にはベンチがあった。

「それで、どうしたの？」

「エルヒン様が王位に就くことについて、どう思う？」

セレナはやはり単刀直入に訊いた。

「え……？」

ミリネはかすかに首を傾《かし》げた。

「そんなことは私、わからないよ。でも、セレナさん。ジントと私はエルヒン様に死ねって言われたら死ぬよ。へへっ」

笑いながらそう言うミリネ。笑いながら言ったが、目には真心がこもっていた。セレナはこれ以上問う必要はないと思った。

次に訪れたのは、フィハトリだった。

「そのことは前から考えていました。時期を見計らってましたが、南ルナンが滅亡した今がちょうど良い時期だとは思います」

「そうですか」

こっちは最初から計画があった。

「勢力は完璧に準備され、閣下は王の器です。あの方が王の器でないなら、一体大陸には王の器と言える方がどこにいますか？」

フィハトリは、ローネンの陣営から出て彼に従うことにした時から、すでにそう思っていた。しかも、エルヒンは古代エイントリアンの直系だ。古代王国の復興という大きな正統性まであった。

いかなる名分もないローネンとは、天と地ほどの差のある正統性のある建国だった。

「そしてですね……」

さらに、重ねて国家論を展開し始めた。あまりにも真剣だった。セレナは、今度は笑うことができなかった。

そのまま聞いていると夜が明けそうだったからだ。

彼女は言い訳をしてやっとの思いで退出し、今度はエルヒートを訪ねた。

「ハハハハハハハ！　当然のことではないか。無駄なことを訊くな。俺はすでにそれを知っていて忠誠を誓ったんだ」

「そ、そうですか」

エルヒートは非常に豪快だった。

彼女が思った通り、誰も反対しない。少しの躊躇《ためら》いも見せる人もいなかった。

しかし、それでも彼女が最後まで会えなかった人がいた。

ヘイナとヴォルテールまで会ってみた彼女だが、最後まで会いに行けなかったのが一人。

ユラシアだった。

結局ぶつからなければならないことだったので、セレナは意を決して足を運んだ。

しかも、セレナとユラシアのふたりは王宮に住んでいた。

さらに、同じ外宮だった。

目と鼻の先にいたが、最も訪れにくい場所だったので、セレナは深呼吸をしながら外宮に戻った。

そして、ユラシアの部屋のドアを叩いた。

トントン。

すると、すぐにドアが開いた。

「あ、こんにちは！」

目の前にユラシアが登場した。そのため、セレナはすぐに頭を下げた。

ユラシアはそんなセレナをじっと眺めていた。

セレナの魅力数値がうまく働くどころか、むしろ毒になる存在だ。つまり、話を簡単に進めていく彼女の能力が全く役に立たない状況だということだ。

「はい」

ユラシアはただ同じ無表情でそう答えた。

そしてふたりが目を合わせた。視線が合ったふたりの目は、離れる気配がなかった。

セレナはその瞬間、任務を忘れてしまった。

合った目を離すことができなかったのだ。

すでに痴話喧嘩で負けた状況なら、こんなものでも負けたくなかったのだ。

ユラシアはユラシアで、何も言わずにセレナを見つめ続けた。

ふたりが対峙した状況では、時間が止まったかのように沈黙だけが漂っていた。

「ちょっと、止まれ！」

その時、割り込んできたのはエルヒンだった。

「いや、もう止まってるか」

なんとふたりはエルヒンが登場してからも視線を逸《そ》らさなかった。ふたりとも負けじとばかりに互いを見つめているだけだ。


ヘラルド王国領。

ナルヤの王カシヤが直接率《ひき》いる大軍がヘラルド王国の西側の城をすべて占領し、王都に続く道にあるクアビ城を目と鼻の先に置いた。

フラン・バルデスカは、ヘラルド王国と戦争をしているナルヤの王カシヤに呼ばれた。

バルデスカは彼の前で跪いた。

「陛下、どのような罰であろうとも私は甘んじて受けます！」

バルデスカは悲痛な表情でひれ伏した。

「エルヒン・エイントリアンか。そいつはそんなに強かったのか？　予は理解できぬ。建国以来最高の天才と言われるフラン・バルデスカが、こんなに悲惨な姿で戻ってくるとはな」

「弁明のしようもございません！」

そんなバルデスカの反応に対し、カシヤは何の感情の起伏も見せず冷静に答えた。

「死ぬのは簡単だ。死んで一体どう罪を償うと言うんだ？　生きて罪を償ってから死ね。わかったか？　これからバルデスカ家の公爵位《こうしやくい》を剝奪する！　生きて罪を償って死ぬなら、爵位を返してやるから、予のためだけでなく、バルデスカ家のためにも罪を償わねばならぬぞ」

爵位がないということは、貴族ではないに等しい。バルデスカ家の爵位を剝奪することは、その下の家臣のすべての爵位を剝奪することだった。

しかし、バルデスカは何も言い返すことができなかった。

むしろ、「生きて罪を償え」という言葉に歯を食いしばることしかできなかった。

そうだ。死ぬにしても、一度は勝って死ぬべきだ。

「バルデスカ、お前の力を証明しろ。負けっぱなしの武将ではないということを、お前自ら証明できないなら、せめて戦場で死ね。それが男というものだ」

異彩を放つ黄色の目で、カシヤはそう宣言した。

＊

セレナに頼んで意見をまとめて、二日。

ブリンヒルの通りを巡回していた時、俺に向かって家臣たちが全員集まってきた。ハディン、ベンテ、ユセン、ギブン、フィハトリ、ユラシア、セレナ、ジント、ミリネ、シェインズ、エルヒート、ヴォルテール、ヘイナ、ダモンを含め、それぞれが率いる家臣まで全員いた。

彼らは並んで俺の前で跪いた。

みんなが跪くと、やがてフィハトリが代表して口を開いた。

「閣下、ついに時が来たようです。エイントリアンの王となり、私たちを導いてくださいますか？」

フィハトリが先に叫ぶと、他の武将たちも同時に同じ言葉を叫びながら雰囲気を盛り上げた。まるで合唱の一場面のように壮大にだ。

もちろん、望むところだった。

望むところではあるが、よりによって街の真ん中に押しかけてだと？

「王になってください！」

もう一度家臣たちがみんなそう叫ぶと、結局民もひとりふたりと集まり始めた。

最初は好奇心に駆られた民衆だったが、続けて家臣たちがそのように叫ぶと、彼らも伏せて同じように叫び始めた。

その間に噂が広まったのか、しばらくすると人々がさらに集まり始めた。

俺はチラッとフィハトリを見た。

おそらくこのために通りに集まったのだろう。

きっと強制的に集めたのではないはずだ。

ただ街でこうすれば民も呼応するだろうという自信があったのだろう。

もちろん、その部分においては俺も自信があった。

民心が［88］なら、ゲームで非常に大きく褒《ほ》め称《たた》えられる数値だからな。

「国王陛下！」

民衆たちは俺がもう王位に就いたかのように、口を揃えて「陛下」という言葉を叫び始めた。

当然、これ以上長引かせるようなことではない。

今こそ建国しなければならない時だった。

大陸統一のためには建国が必須《ひっす》であり、国が必要だった。

すなわち、今こそまともなスタートだ。

自分の勢力と自分の国を持ってこのゲームに飛び込むということ。今こそすべてが始まるという意味になるのだから。

このゲームは、そんなゲームだ。

今まではゲームにきちんと参加するための前哨戦にすぎなかった。

結局、国と国が戦って統一を成し遂げなければ攻略できないゲームだからだ。

こうなれば、一度拒否することも必要なかった。

こうしてみんな集まっているのだから、宣言をするにはちょうどいい。

しかし、だからといってこの場で「建国を宣布する！」というのも少し恥ずかしくなった。

「みんなの言うことに従おう！」

なのでとりあえずこのように宣言し、王宮に戻って事を進めた。

エイントリアンの王都は、ここブリンヒルになった。後でまた遷都するとしても、今の状況では王都として適格なのは、このブリンヒルだけだったからだ。

また、国の名前は当然、エイントリアンだった。

すでになくなった国だったが、すべての人々の心の中に刻まれている国名でもあった。

国名と王都を定め、今度は正式に民衆を集めた。当然、家臣も全員招集した。

ブリンヒルの全体に、エイントリアンの紋章とその象徴となる青い旗をさした。青い旗は、ルナンの色でもあった。

特にルナン出身者たちが多い国になるため、ルナンの精神を継承するという象徴として最適だった。

その中でもひときわ大きな旗がはためく王都の最も大きな城門の上で民衆を眺めた。

俺はしばらく目を閉じて、再び目を開けた。大陸の主になる第一歩だ。

その始まりが今から！

俺が登場すると、騒がしかった城門の前には沈黙が訪れた。

みんなの視線が俺に向けられた。

俺の宣言を待っているのだろう。

俺はしばらくして、声を整えて大声で叫んだ。

「知っている通り、ルナンは滅亡した。国がなければ、この地に住んでいたすべての人々は、他国に迫害されるしかない。奴隷の生活ではなく、主人の生活のために、俺はここに建国を宣言しようと思う。いつも俺の民を守るために最善を尽くす国を作る。君たちを捨てて逃げるような国なんかはなくなるべきだ！　俺が王位に就き、昔の古代王国の復活を宣言した以上、他でもない今日の前にいる君たちのために、君たちの前に立つ！」

建国宣言。

　202万という人口の前で、俺はこうして建国を宣言した。もちろん、その202万人がここにすべているわけではないけど。

　俺の言葉は、とにかく遠く離れた人にも伝わった。

　すると、すぐ歓声が響き始めた。

「わぁぁぁぁぁぁぁ！」

　巨大な歓声は波のように後方に伝播した。

　ゲームとは違い、目の前でこんな光景を見ると、率直に言って高揚感をもたらすのは事実だった。

　本当に王になったようだ。

　いや、ゲームだが、とにかく現実でもある。

　だから、本当に王になったのも事実なのか？

　むしろ現実感がなくなる状況の中で建国は宣布され、おそらくこの知らせは大陸に広がることだろう。

　あざ笑う者もいるだろう。

　復讐を夢見る者もいるだろう。

　すぐに戦争が起こるかもしれないが。

　結局、そのすべてのことを乗り越えてこそ、攻略が完了するのだ。

あとがき

『俺《おれ》だけレベルの上《あ》がる世界《せかい》で悪徳領主《あくとくりようしゆ》になっていたⅣ』を読んでいただきありがとうございます。作者のわるいおとこです。

このシリーズもついに4巻まで到達しました！

4巻では色んなことが起こりましたね。

今から話すことはネタバレになるかもしれないので、まだ読まれていない方は一旦読み終えてから戻ってきてもらうのがいいかもしれません。

……大丈夫ですか？

そうなんです。

ついにエルヒンが一国の王になりました！

今までルナンの王の下にいることに対してモヤモヤした方もいらっしゃると思いますが、ここからはそんな心配は必要ありません！

ちまちました暗躍や根回しはここまで。今後は大陸の覇者《はしや》を目指した、もっと壮大で迫力のある物語をお届けする予定です。

是非期待していてください！

そして、ガンガンONLINEとマンガUP！にてコミカライズも順調に連載中です。

コミカライズは原作小説で説明不足になりがちな部分を補《おぎな》って、少し違う解釈で物語が繰り広げられているので、作者の自分から見ても新鮮で面白い仕上がりになっていると思います。

こちらの単行本も近いうちに発売される予定ですので、よろしければ原作とコミカライズを読み比べてみてください。

それでは皆さん。

コロナに気を付けて、くれぐれも元気でいてください。

また次巻でお会いしましょう！

わるいおとこ

■ご意見、ご感想をお寄せください。……………………………………………………

ファンレターの宛て先
〒102-8177　東京都千代田区富士見2-13-3　ファミ通文庫編集部
わるいおとこ先生　　raken先生

FBファミ通文庫

俺《おれ》だけレベルが上《あ》がる世界《せかい》で悪徳領主《あくとくりようしゅ》になっていたⅣ

1808

◇◇◇

2022年4月30日　初版発行

著　者　わるいおとこ
発行者　青柳昌行
発　行　株式会社KADOKAWA
〒102-8177 東京都千代田区富士見2-13-3
電話 0570-002-301（ナビダイヤル）
編集企画　ファミ通文庫編集部
デザイン　AFTERGLOW
写植・製版　株式会社スタジオ205プラス
印　刷　凸版印刷株式会社
製　本　凸版印刷株式会社

●お問い合わせ
https://www.kadokawa.co.jp/（「お問い合わせ」へお進みください）
※内容によっては、お答えできない場合があります。
※サポートは日本国内のみとさせていただきます。
※Japanese text only

ISBN978-4-04-736994-8 C0193

定価はカバーに表示してあります。